Lifka Werner

Bitteres Erbe

Kriminalroman

Lifka Werner

Bitteres Erbe

Kriminalroman

Die Deutsche Nationalbibliothek verzeichnet diese Publikation in der Deutschen Nationalbibliografie; detaillierte bibliografische Daten sind im Internet über http://dnb.dnb.de abrufbar.

© 2020 Lifka Werner

Gestaltung: Lifka Werner:

Sämtliche Fotos und Collagen: Lifka Werner

(Teilweise unter Verwendung von Fotomaterial aus dem Internet)

Herstellung und Verlag:

BoD – Books on Demand, Norderstedt

ISBN: 9783752686210

Harbke, 2. November 1986

Stockfinstere Nacht. Die elf Menschen, vier Erwachsene und sieben Kinder, die im Raum versammelt waren, konnten sich nur ahnen. Oder den Nachbarn spüren. Sie hatten in den letzten zwei Stunden auf dem Boden gekauert. Geredet wurde kaum. Und wenn, dann geflüstert.

Nur die Kinder fragten manchmal, wann es endlich losgehe? Sie wurden mit einem »Schlaft noch ein bisschen!« abgespeist. Jetzt war es kurz nach Mitternacht. Nachdem sich der erste erhoben hatte, waren alle aufgestanden.

Ein Mann flüsterte: »Noch einmal: Die Lampen werden nur im äußersten Notfall benutzt. Ist das klar?«

Ein leises Murmeln war die Antwort.

»Seid ihr bereit?«

Jetzt wurde es fast laut, weil alle antworteten und sogar ein Kichern zu hören war: »Immer bereit!«. Der Gruß der Jungen Pioniere war hier allen geläufig. Und den älteren war bewusst, dass es hier ein höhnischer Abschiedsgruß sein soll.

»Dann Gott mit uns!«, sagte der Anführer wieder.

Ihm war sicher nicht bewusst, dass dieser Spruch schon bei den Preußen und sogar bei Hitlers Wehrmacht die Uniformgürtel zierte.

Zuerst dachte ich an ein Elektrokabel. Ja, einfach eine Verlängerungsschnur. Schon aus der Entfernung war der dunkle Strich, der sich quer über den Fußpfad zog, deutlich zu sehen.

Nicht ungewöhnlich auf einem Campingplatz, wo die Zelte und Caravans von zentralen Verteilerkästen mit Strom versorgt werden.

Doch das Kabel lebte. Beim Näherkommen erkannte ich einen unaufhaltsam vorwärtsdrängenden Zug roter Waldameisen. Die eine Hälfte marschierte mit vollen Kieferzangen links unter ein Gebüsch. Die andere Hälfte, noch unbeladen, krabbelte rechts vom Pfad auf ein kleines Plateau, wie sie hier als Zeltplatz terrassenartig in den Hang gearbeitet worden waren, und verschwand durch eine Öffnung unterhalb des Reißverschlusses in einem Zelt. Dahinter musste etwas verborgen sein, was die Ameisen anlockte: verschütteter Wein oder Bier, vergessenes Obst, Reste vom Frühstück. Jedenfalls geheimnisvoll.

Ich glaube, es war Albert Einstein, der einmal gesagt hat, dass er Uhrmacher geworden wäre, wenn er die Folgen geahnt hätte. Ich sage heute: Wenn ich die Folgen der Geschichte geahnt hätte? Natürlich hätte ich weitergemacht.

Es war wie die Eröffnung einer Schachpartie. Jeder Zug hatte Konsequenzen.

Ich war privat hier. Ich war Privatdetektiv. Ich war Polizist gewesen – aber jetzt kam er wieder in mir hoch. Der Ermittler. Ich betrat vorsichtig die Terrasse und ging bis zum Zelteingang. Schaute mich noch einmal um und versuchte, mir jedes Detail einzuprägen. Eventuelle Spuren wollte ich nicht übersehen oder gar zerstören. Das liegt mir im Blut. Oder in den Genen. Mein Vater war schon Polizist.

Der Platz war sauber und aufgeräumt. Lediglich ein paar Kronenkorken, die zwischen den Piniennadeln blinkten, störten das Bild. Und unter einem Salbeistrauch lag ein Einwegfeuerzeug. Verloren oder achtlos weggeworfen. Umso auffälliger dieser Ameisenzug.

Das Zelt war nicht besonders groß. Ein helles Tunnelzelt als Schlafplatz für zwei Personen. Mit kleiner Apsis. Davor ein normaler Faltpavillon, in Blau, mit der Aufschrift, rund um die Bordüre:»Hasseröder – Harzer Braukunst seit 1872«. Zwei Campingstühle, auf dem Rückengurt warb KROMBACHER. Ein Klapptisch. Alles sehr spartanisch und nur als Ruheplatz eingerichtet. Der Eigentümer war offenbar ein Freund deutschen Bieres. Ein Antialkoholiker scheint er jedenfalls nicht zu sein.

Merkwürdig: Vor dem an allen Seiten hochgezogenen Gummiboden hatten die Insekten bereits eine kleine Rampe geschaffen, um die etwa fünf Zentimeter bis zur Öffnung zu überbrücken.

Ich nahm ein Hölzchen vom Boden, führte es durch die Öse im Reißverschluss am Zelteingang und zog den Schlitten vorsichtig nach oben.

Da ich hier am Meer meine Unterarmprothese abgelegt hatte, musste ich neu ansetzen, um mit zwei Fingern eine Bahn anzuheben. Hätte ich sie jetzt wieder fallen lassen, wäre ich raus aus dieser Geschichte.

Ich hielt sie hoch.

Vor mir, auf einer Luftmatratze, lag ein nackter Mann. Nicht ungewöhnlich, denn es war ein FKK-Campingplatz. Naturist, wie die Kroaten sagen. Auch ich war nackt. Ungewöhnlich war ein Berg Sand, der über seinem Kopf ausgeschüttet war. Der Mann war tot. Das war eindeutig. Eine

Schrift zog sich über Brust und Bauch: »Enttarnt: BLA-CKY!«, stand da. Deutsch. Mit dickem Pinsel und schwarzer Farbe aufgetragen. Enttarnt: BLACKY! Mehr nicht. Doch: Auf dem Punkt unter dem Ausrufezeichen klebte ein Aufkleber, den ich vom Eingang aus nicht entziffern konnte. Ich glaubte, ein DDR-Symbol zu erkennen. Platz war eigentlich genug da, denn der Tote schien zu Lebzeiten ziemlich beleibt gewesen zu sein. Seine Lenden warfen dicke Falten. Sein Alter konnte ich nicht erkennen. Seine Schamhaare allerdings waren ergraut. Die Unterschenkel zeigten dicke Krampfadern. Ein älterer Herr. Das war gewiss. Der beige Schimmer der Zeltbahn ließ die Leiche besonders tot wirken. Als läge sie schon im Leichenschauhaus.

Das alles sah eindeutig nach Mord aus. Nach Rache oder Vergeltung.

Neben dem Toten lag die BILD-Zeitung vom Freitag, was ihn wohl endgültig als Deutschen auswies. Heute war Pfingstsonntag. Auf der anderen Seite stand ein Eimerchen, wie es die Kinder am Strand benutzen. Daneben ein kleines Glas mit Farbe, ohne Deckel. Der Pinsel steckte drin. Im Dämmerlicht der Apsis erkannte ich das Ziel der Ameisen: eine aufgeschnittene, aber fast vollständig aufgefressene Honigmelone.

Ich ließ die Zeltbahn fallen und zog den Reißverschluss wieder zu.

Was tun? Auf dem Weg zu meinem Zelt und zu meinem Handy überlegte ich die Folgen:

Ich war privat hier. Aber meine Freundin, Hauptkommissarin Cornelia Böse-Lange vom LKA Niedersachsen, war inzwischen zur Kriminalrätin befördert und von der Zentralstelle für politisch motivierte Kriminalität zum Dezernat 35 für Schleuserkriminalität versetzt worden. Jetzt nahm sie über Pfingsten an einer europäischen Konferenz zu diesem Thema teil.

Kroatien hatte die Teilnehmer in ein Hotel in Punat auf der Insel Krk geladen. Vermutlich, weil sie dort einfacher zu beschützen sind, und weil die Insel einen Flughafen besitzt.

Als Conny mir davon erzählte, beschloss ich spontan, mitzufahren. Privat, mit dem Auto und meiner Campingausrüstung. Abends holte ich sie heraus und wir verbrachten herrliche Stunden am Meer und auf der Luftmatratze. Sie hatte sich noch eine Woche freigenommen und wollte unbedingt mit mir zurück gondeln. Über Triest, Udine und den Großglockner.

Bevor ich die Kroaten informierte, musste ich erfahren, ob ich Connys Existenz erwähnen durfte. Oder ob sie außen vor bleiben wollte. Sicher war es für die Kroaten interessant, bei einem deutschen Mordopfer auch gleich deutsche Polizei vor Ort zu haben.

Es war jetzt kurz vor zwölf. In der Mittagspause rechnete ich mit ihrem Rückruf, der auch prompt kam.

Ich hatte mich inzwischen wieder angezogen und meine Prothese angelegt.

Sie riet zur Vorsicht. Nur das Nötigste sagen. Wir wüssten ja nicht, wie die kroatische Polizei auf einen Mord an einem Ausländer reagiert. Sollte ich mich bis zum Ende ihrer heutigen Sitzung um 17 Uhr nicht gemeldet haben, würde sie auf den kroatischen Justizminister zugehen, der hier heute an einer Podiumsdiskussion teilnimmt.

»Er hat schon mit mir geflirtet.«

»Dann werden wir ihn gefälligst aus dem Spiel lassen.«

Sie kicherte: »Mal schauen. Ich kenne ihn ja kaum.«

»Das sollte auch so bleiben.«

»Ciao bis heute Abend.«

Ich rief erst jetzt die Camp-Verwaltung an und gab die Platznummer durch.

»Hier ist etwas Schreckliches geschehen«, erklärte ich. »Sie müssen die Polizei rufen.«

»Bleiben Sie dort. Ich schicke jemand.«

Bevor ich wieder zum Tatort ging, stieg ich hoch zur Straße, wo man sein Auto abstellen konnte. Ich suchte ein deutsches Kennzeichen, fand aber keins in der näheren Umgebung. Ein Mann im Overall tuckerte auf seiner Vespa heran.

»Sie haben angerufen?«, rief er schon von Weitem.

»Ja. Kommen Sie.«

Wir begrüßten uns. Ich kannte ihn und wusste, dass er Marian hieß. Auf dem Weg zum Zeltplatz erklärte ich ihm, dass wir möglichst wenig Spuren verwischen sollten. Es ginge wohl um Mord. Am besten, er bliebe hier am Rand stehen. Ich würde das Zelt noch einmal vorsichtig öffnen, damit er einen Blick auf die Leiche werfen könne.

Er schaute misstrauisch. Als ich aber versicherte, dass ich bei der deutschen Polizei gewesen war und Erfahrung mit solchen Dingen hätte, nickte er zustimmend.

Ich wiederholte die behutsame Öffnung mit dem Hölzchen. Er zuckte zurück, als er den Toten unter dem Sandberg erblickte.

»Ui, ui, ui. Katastrophe«, entfuhr es ihm.

»Ja. Katastrophe. Polizei muss kommen.«

Er griff zu einem Walkie-Talkie und informierte sein Büro. Dann zog er aus der Gesäßtasche eine Liste. Offenbar ein Belegungsplan, denn nach stillem Studium verkündete er:

»Peter Weiss. Aus Zagreb.«

»Aus Zagreb? Nicht aus Deutschland?«

Er schüttelte den Kopf.

»Warten Sie hier. Ich hole Band!«

Er ging wieder zu seiner Vespa und kam mit rot-weißem Absperrband, das er wohl sonst für Reservierungen benutzte, zurück. Gemeinsam spannten wir es weiträumig um die Mordterrasse.

Zum Glück war die Zeit der Siesta. Alles döste irgendwo am Strand. Niemand war bisher neugierig geworden.

Von Ferne tönte die Sirene.

Sie werden ja hoffentlich nicht mit vollem Tatü-Tata bis hier herunter kommen, dachte ich. Von meiner Zeit als Polizist wusste ich um die Versuchung, so bedrohlich laut aufzukreuzen. Gleich mal zeigen, wer das Sagen hat.

Sie kamen langsam und leise.

Sogar das Blaulicht war ausgeschaltet. Zwei Männer stiegen aus, als sie uns entdeckt hatten. Sie riefen etwas. Marian antwortete und winkte sie herunter.

Hellblaues Polohemd mit Namensschild auf der Brust und Staatswappen auf dem kurzen Ärmel. Dunkelblaue Hose. Am Gürtel: Pistolentasche und Handy. Gummiknüppel und Handschellen waren wohl im Auto geblieben. Während des Abstiegs setzten sie ihre Dienstmützen auf. Offenbar, um ordnungsgemäß grüßen zu können. Beide führten ihre Rechte zum Mützenschirm.

»Žic, Andrija«, stellte der Ältere sich vor. Dann sprach er nur mit Marian kroatisch.

Schließlich gingen sie zum Zelt. Dabei weniger vorsichtig als ich. Der Jüngere zog den Reißverschluss auf und hob die Eingangsplane. Beide erstarrten zunächst, beeindruckt von dem Anblick, der sich ihnen bot. Dann fiel die Plane wieder runter. Ich bat Marian, sie auf die Ameisenstraße aufmerksam zu machen, die ja der Auslöser meiner Neugierde war. Sie schauten interessiert zu Boden und folgten der Spur in die Büsche.

Der Ältere kam zurück und sprach auf Marian ein. Ich verstand nur Rijeka. Auch von mir schien die Rede zu sein.

Marian übersetzte mir dann sinngemäß, dass die Kriminalpolizei aus Rijeka den Fall übernehmen müsse. Das könne zwei Stunden dauern, bis sie vor Ort seien. Ich soll mich zur Verfügung halten.

Ich hinterließ meine Handynummer.

Um 16 Uhr wurde ich in die Verwaltung gerufen.

Marian führte mich in ein Hinterzimmer. Drei Männer in Zivil sahen mir gespannt entgegen. Alle drei rauchten. Zum Glück stand das Fenster weit offen. Einer hatte ein Notebook vor sich.

Der in der Mitte hatte eine Akte vor sich. Er grüßte mit einem »Dobar dan! Ich bin Detektiv Inspektor Goran Blaschko. Ist wie Kriminalkommissar in Deutschland. Ich kann ein wenig Deutsch. Wenn Sie nicht verstehen, wird Marian helfen. Okay?«

Die beiden anderen schwiegen.

»Alles okay. Mein Name ist Lars Urbach. War früher bei der Kripo in München.« Ich hob meine Prothese. »Bin dann ausgestiegen und privater Ermittler.«

Sie schauten alle drei auf meinen künstlichen Unterarm.

»Arbeitsunfall?«

Ich nickte. »Eine Bombe. Gerade noch rechtzeitig aus dem Fenster gehalten. Konnte sie nicht fallen lassen, weil unten ahnungslose Menschen gingen.«

Sie schwiegen beeindruckt.

Endlich fragte Goran: »Sind Sie beruflich hier? Als Ermittler?«

»Nein. Ganz privat. Zu dem Toten kann ich wenig sagen. Er soll ja in Zagreb gelebt haben? Ich habe lediglich den Reißverschluss auf- und schnell wieder zugezogen. «

»Warum?«

»Weil mich diese Ameisenstraße neugierig gemacht hat.«

»Wir prüfen das noch. Was wir bisher wissen, dass er bereits seit 1987 in Zagreb angemeldet war. Da war das alles noch Jugoslawien. Kommunistisch. Sie verstehen?«

»Verstehe. Sie haben keine Unterlagen, warum er sich als Deutscher hier angesiedelt hat.«

»Was bei ihnen im kommunistischen Deutschland die STASI war, hieß auch bei uns Staatssicherheitsdienst, *Uprava dravne sigurnosti* oder nur SDB. Herr Weiss war offiziell zunächst Berater beim Fußballklub Dinamo Zagreb. Aber das ging nur mit Zustimmung des SDB. Leider wurden nicht, wie bei ihnen, Stasi-Akten gerettet. Hier wurde 1991 bei der Trennung alles vernichtet. In seinem Ausweis steht nur *geboren am 22. Februar 1953 in Wittenberg*. Dort ist aber ein Peter Weiss unbekannt. Sein deutscher Pass wurde immer verlängert. Man hat nie nachgefragt. Aber die deutsche Botschaft in Zagreb konnte heute auch nicht mehr sagen.«

»Die Werbung auf seiner Camping-Ausrüstung klingt aber nicht so sportlich.«

»Herr Weiss war zuletzt Importeur von deutschem und tschechischem Bier.«

»Die Schrift auf seiner Brust deutet ja auf einen Täter aus Deutschland?«

»Das glauben wir auch.« Er legte mir ein Foto vor. Ich glaubte, den Aufkleber auf der Leiche zu erkennen.

»Haben Sie das schon einmal gesehen?«

»Ich erinnere mich. Heute Vormittag auf der Leiche.«

Es war tatsächlich das Wappen der DDR. Darüber zwei blutige Dolche und die Aufschrift DIE GERECHTEN.

»Sagt es Ihnen etwas?«

Ich schüttelte den Kopf. »Nie gesehen. Da scheint ein Racheklub von Stasiopfern unterwegs zu sein. Habe aber noch nie davon gehört. Die These von deutschen Tätern oder Täter wird aber gestärkt.«

»Richtig. Deshalb werden alle Deutschen im Camp zur Zeit registriert. Die Ausweise haben wir in der Verwaltung beschlagnahmt. Mindestens bis wir das Ergebnis der Autopsie haben.«

»Meinen auch?«

»Ihren auch!« Er zog ihn zum Beweis aus seiner Akte und hob ihn hoch.

»Ich werde aber am Dienstag abreisen.«

Er blieb ganz freundlich. »Sie werden nicht über die Grenze nach Slowenien kommen. Noch sind wir kein Schengenland.«

»Aber ein Rechtsstaat, der in die EU will. Da kann niemand willkürlich festgehalten werden.«

»Mordverdacht! Das reicht auch in der EU.«

»Schaun mer mal!«

Es war jetzt halb fünf geworden. Ich zog mein Handy und wählte Connys Nummer. Nach dem dritten Ruf ging sie schon dran.

»Gibts Probleme?«

»Sie wollen mich bis zur Autopsie hier behalten. Das könnte Tage dauern.«

»Wo bist du?«

»Noch in der Camp-Verwaltung.«

»Okay. Ich melde mich. Die Sitzung ist gerade zu Ende.«

»Jetzt machen wir schönes Protokoll«, sagte der Polizist ungerührt. »Mit Name, Adresse, wie Sie die Leiche entdeckt haben und so. Sie kennen das ja.«

Ich gab dem mit dem Notebook meine Karte zum Abschreiben der Daten. Dann erzählte ich alles noch einmal.

Wie ich zuerst an ein Elektrokabel glaubte, es aber Ameisen waren, die mich dann Verdacht schöpfen ließen. Wie ich vorsichtig den Reißverschluss geöffnet habe, um keine Spuren zu verwischen, …

»Oder keine zu hinterlassen?« Das klang fast wie eine Drohung.

»Jedenfalls waren ihre Leute nicht so vorsichtig!« Langsam wurde ich gereizt.

Ein Mädel aus der Verwaltung kam herein und reichte dem Detektiv Inspektor einen Telefonhörer.

»Da? - DI Blaschko!«

Zunächst hörte man wenig. Man spürte nur, dass eine mächtige Bedrohung aus dem Hörer drang. Blaschko wurde immer kleiner, stotterte nur »Da, da!«

Endlich legte er mit einem flauen Ciao den Hörer hin.

Er sah mich lange an. Dann warf er mir meinen Ausweis zu. »Ist alles wie früher. Protektion hilft.«

»Ist nicht wie früher. Das war keine Protektion, sondern eine Lehrstunde für Rechtssicherheit«, gab ich zurück. »Im Übrigen bin ich gern bereit, ihnen bei der Aufklärung zu helfen. Rufen Sie an, wann immer Sie wollen.«

»Danke!«

Ich unterschrieb das Protokoll, gab jedem die Hand und ging. Draußen rief ich Conny an und verabredete mich mit ihr in einem kleinen Fischlokal in der Altstadt.

Als wir zurückkamen, waren einige Polizisten am Tatort zugange. Die Leiche war schon abtransportiert. Ein paar Gaffer standen wie lebende Fragezeichen in der Nähe.

Wir sprangen bereits um sechs ins Meer und fuhren dann in die Stadt, um am Hafen zu frühstücken. Conny musste um neun wieder auf der Tagung sein. Sie wollte den Justizminister über den Mord informieren und ihm, wenn nötig, Unterstützung aus Deutschland anbieten. Auch eine Geschäftskarte von mir wollte sie ihm – für alle Fälle - mitgeben.

Ich war skeptisch. »Vermutlich werden wir von diesem Herr nie mehr hören.«

»Wen meinst du? Den Minister oder den Toten?«

»Beide!«, gab ich etwas barsch zurück. Conny grinste. Nachdem ich sie am Hotel abgesetzt hatte, fuhr ich zurück. Der Tatort war schon ziemlich aufgeräumt. Der Pavillon abgebaut, Tisch und Stühle zusammengeklappt. In zwei großen Taschen hatte man die Habseligkeiten des Toten eingepackt. Nur das Zelt stand noch etwas verloren auf der Terrasse.

Wahrscheinlich wollte man den Platz so schnell wie möglich wieder freimachen. Schließlich hatte die Saison gerade begonnen.

Aus alter Gewohnheit machte ich noch ein Foto.

Triest, 6./7. Juni

Ganz relaxed fuhren wir am Dienstag Richtung Heimat. Quer durch Istrien über Koper nach Triest. Vor zwanzig Jahren war ich hier mal mit dem Motorrad herumgekurvt und erinnerte mich an schöne Landschaft und wenig Verkehr.

Unterwegs sprachen wir natürlich über den Mord.

»Sieht doch aus, als ob das Motiv in der Stasizeit zu finden ist«, meinte Conny.

Ich nickte. »Da dieser Blacky schon vor dem Mauerfall nach Jugoslawien - ich sag jetzt mal 'abgehauen' ist, hatte er sicher schon damals Dreck am Stecken. Seine Identität hat er wohl auch geändert. In Wittenberg ist er unbekannt.«

»Das ging aber nur unter Mithilfe höchster Stasistellen.«

»Und jetzt hat ihn ein ehemaliges Opfer gefunden und Rache genommen.«

»Heißt: Der Mörder muss ein Deutscher älterer Bauart sein.«

»Oder der Sohn eines Deutschen älterer Bauart«, ergänzte ich.

Conny sah mich von der Seite an: »Den Töchtern traust du wieder einmal gar nichts zu?«

Ich grinste: »Es war ein FKK-Platz. Eine nackte Frau bringt keinen nackten Mann um. Das schickt sich nicht.«

Sie seufzte: »Was für eine verquere Männerlogik.«

»In meinem Beruf muss man auch den Mut zu verqueren Gedanken haben. Jedenfalls würde ich zunächst alle Deutschen, die am Sonntag abgereist sind, unter die Lupe nehmen.«

»Warum denn die?«

»Weil ich als Täter Angst hätte, dass die kroatische Polizei zunächst alle Deutschen, die gerade im Camp sind, unter die Lupe nimmt. Und das kann dauern und dir den Urlaub vermasseln.«

»Gar kein verquerer Gedanke.« Conny tippte mich von der Seite an. »Heißt aber, dass die Kroaten die Ermittlungen nach Germany verlegen. Wo war der Tote angeblich her?«

»Wittenberg. Trifft dich nicht. Der Fall geht nach Sachsen-Anhalt.«

Inzwischen näherten wir uns Slowenien.

»Ich habe jetzt einen verqueren Gedanken: Wir verlassen die Schnellstraße und fahren weiter westlich zu einem kleinen Übergang nach Portorož. Dort hüpfen wir ins Meer und machen anschließend am Hafen von Piran Mittagspause.«

»Keine Einwände!«, kam es vom Beifahrersitz.

Der Übergang war schnell und reibungslos.

»Kein Haftbefehl gegen einen gewissen Lars Urbach«, frotzelte Conny.

So ging es beschwingt weiter. Am Abend erreichten wir Triest. Nach einem Bummel durch die historische Stadt fanden wir eine sehr schöne Unterkunft mit dem verlockenden Namen »Golden Rooms Bed & Breakfast«. Was will man mehr?

Die restlichen Urlaubstage waren so, dass wir über den Mord bis München nicht mehr gesprochen haben.

Der ›Fall BLACKY‹ verblasste mehr und mehr.

18

Am Nachmittag rief Tommy Bandmann an. Er war mein Freund und bester Kumpel, als ich noch im Staatsdienst war. Er klang betont optimistisch: »Larry, wir haben was für dich.«

»Schon okay!«

»Vorsicht. Bei uns wirds jetzt handgreiflich: Schubert rief an, der vom K 51, Bandenkriminalität. Sie planen eine Sonderaktion gegen diese osteuropäischen Straßenbettler. *Operation Peachum*.«

»Wie das?«

»Na, nach dem Bettlerkönig aus der *Dreigroschenoper*. Schubert war kürzlich tatsächlich im Theater.«

»Mein Gott, jetzt ist Bert Brecht schon bei der Polizei gelandet. Gratuliere. Ich soll aber nicht den *Mackie Messer* spielen?«, feixte ich.

»Genau das Gegenteil. Hör zu: Die armen Krüppel auf der Straße sind bedauernswerte Würstchen. Aber die Hintermänner, die Peachums, die das alles steuern und abkassieren, an die will Schubert ran. Und da sollst du helfen.«

»Als Krüppel?« Ich ließ meine Prothese auf den Tisch knallen.

»Als Krüppel. Verzeih den Ausdruck. Oder besser als Lockvogel. Denn diese Banden haben Schläger im Einsatz, die jeden Konkurrenten mit aller Härte vertreiben. Schubert glaubt, dass du mit sichtbarem Armstumpf, also ohne Prothese und als Bettler verkleidet, durch die Fußgängerzone streifst, diese Burschen herausforderst. Und dann schlägt Schubert zu.«

»Bevor sie bei mir zuschlagen, hoffe ich.«

»Genau. Oder besser: Nach dem ersten Schlag, damit man

sie wenigstens wegen Körperverletzung, Überfall *et cetera* verknacken kann.«

»Ist das nicht ein bisschen zynisch: Einen Krüppel gegen Krüppel einzusetzen?«

»Larry, glaub mir: Sie kamen auf dich, wegen deiner Tapferkeit. Deine – äh – Behinderung diente nur als letztes Argument. Es hat die Verwaltung überzeugt, den Sonderetat zu bewilligen. Sicher hätten wir auch andere Kollegen herrichten können. Aber du bist eben das Quäntchen mehr!«

»Du willst sagen, weniger ist manchmal mehr?«

»So ungefähr. Larry, du weißt, was ich meine.«

»Ich weiß, vielen Dank. Und über diese Schläger will Schubert an die Hintermänner?«

»Er glaubt, bei ihnen besser die Daumenschrauben anziehen zu können.«

»Apropos: Vorher muss ich mich ja warm anziehen?«

»Du wirst fachmännisch betreut. Du bekommst einen Termin am Volkstheater. Die Chefmaskenbildnerin, die die laufende Inszenierung betreut, wird dich persönlich ausstatten.«

»Klingt ja abenteuerlich.«

»Höre ich da deine Zusage?«

»Nur, wenn ich auch ne Freikarte für die Vorstellung bekomme.«

»Das lässt sich sicher regeln. Ich bin aber nur der Vermittler. Alles Weitere besprich mit Schubert. Es ist sein Plan.«

Hauptkommissar Schubert von der Bandenkriminalität stellte sich gleich als »Siggi!« vor. »Unter Kennern der Bandensiggi!«, fügte er stolz hinzu.

»Dann bin ich wohl der Krüppel-Larry?«, gab ich zurück.

»Larry, eins vorweg: Wir kamen auf dich, nicht wegen dieses – dieser - «

Ich hob meinen Arm: »Behinderung! Ist schon okay. Bandmann hat es mir verklickert. Ich soll also den Provokateur spielen und mich ordentlich verprügeln lassen, damit ihr auch mal richtig zuschlagen könnt?«

»Kollege. Es ist schlimmste Bandenkriminalität. Die karren ganze Wagenladungen zerlumpter Gestalten, verkrüppelter Menschen, Mütter mit Kindern und alte Frauen morgens in die Fußgängerzone. Sie sollen vor allem reichen Touristen das Geld aus der Tasche ziehen. Die Besucher aus arabischen Staaten sind dabei besonders großzügig. Das Vorgehen ist exakt geplant und ihre Bezirke sind genau aufgeteilt. Vor der Hypo-Vereinsbank an der Kreuzung Schillerstraße sitzen täglich zwei alte Frauen. Ein paar Meter weiter ein Mann mit amputiertem Unterschenkel und vorne vor dem *Mathäser-Kino* kauert ein Senior am Boden. Nächste Woche werden sie einfach, wie Schachfiguren, an einen anderen Ort verschoben. Ekelhaft. Man kann sie für Stunden vertreiben, aber schon ein Bußgeld ist kaum einzutreiben. Nein, diese armen Frontschweine, wie ich sie nenne, wollen wir gar nicht treffen. Wir wollen an die Hintermänner, die letztlich kassieren. Sie müssen wir aus ihren Löchern locken. Die Anwälte, die dann unsere Täter verteidigen ...«

»Wer kam denn auf den geistreichen Namen *Operation Peachum*?«

Er lächelte stolz: »Meine Wenigkeit. Man hatte mir zum Fünfzigsten zwei Karten für die Dreigroschenoper im Volkstheater geschenkt. Das ist ja genau unser Thema, dachte ich. Den Peachum brauchen wir, nicht den kleinen Ganoven.«

»Dann kennst du aber auch das Motto: Erst kommt das Fressen, dann kommt die Moral!«

»Ja, ja, ja – erst muss es möglich sein, auch armen Leuten vom großen Brotlaib sich ihr Teil zu schneiden.«

»Brav. Und dass der Polizeipräsident mit dem Räuber gemeinsame Sache macht, stört dich auch nicht?«

»Nur, wenn es mein Präsident wäre.«

Der Plan war gut. Man wollte mich am Marienplatz absetzen. Ich sollte dann langsam durch die Fußgängerzone, über den Stachus zur Bayerstraße wandern. In der Nähe eines 'Kollegen' oder einer 'Kollegin' sollte ich mich besonders auffällig benehmen. Am Schluss sollte ich in die Zweigstraße einbiegen.

»In der belebten Fußgängerzone wird man dich in Ruhe lassen«, erklärte Schubert.

»Wir glauben, dass sie dich in der stillen Zweigstraße vorknöpfen. Hier postieren wir von vornherein ein paar Leute. Zwei passen ständig auf dich auf. Außerdem wirst du verkabelt, damit wir auch Sprechkontakt haben.«

»Klingt alles bestens.«

»Mehr als drei Schläge solltest du nicht abbekommen. Und geh nicht zu früh zu Boden. Fußtritte sind oft gemeiner.«

»Soll ich zurückschlagen?«

»Wie dir zumute ist. Aber nicht gleich den Gegner unschädlich machen. Wir brauchen Beweise. Vergiss also deine gute Ausbildung.«

Ich musste lachen. »Schön. Ich werde mich zurückhalten. Meine harte Linke muss ich ja eh Zuhause lassen. Aber bevor ich mitmache, möchte ich in die Vorstellung.«

»Ist schon geregelt. Wir haben zwei Karten für den 26. Juni.«

An der Kasse im Volkstheater lagen zwei Steuerkarten für uns bereit. Die Dame hinter der Scheibe las dann noch von einem Zettel, dass wir nach der Vorstellung im »Meschugge« auf Frau Dorn warten möchten.

Das »Meschugge« war das Restaurant nebenan, mit dem netten Motto: Sind wir nicht alle ein Stückl Meschugge? Stückl heißt der Intendant, Frau Dorn ist die Chefmaskenbildnerin.

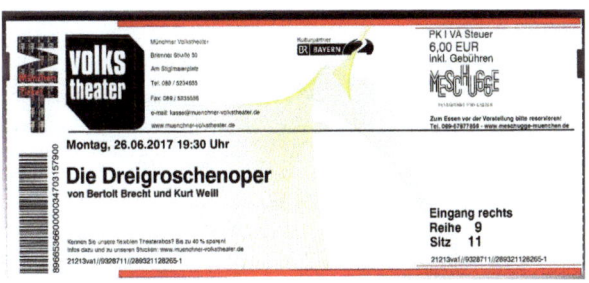

Wir saßen in der neunten Reihe. Das waren beste Plätze, weil die ersten vier Reihen abgebaut waren.

Ich bin öfter in diesem Theater. Besonders die Inszenierungen von Christian Stückl sind immer Vollbluttheater. Keine Kopfgeburten, sondern durchdachte, aber stets komödiantisch ausgearbeitete und mit spürbarer Lust wiedergegebene Theaterproduktionen. So auch heute. Nach drei Stunden wechselten wir gut gelaunt ins Restaurant.

»Soldaten wohnen auf den Kanonen«, summte Schubert. »Wo wohnen wir denn, die Polizisten?«

»Im Herzen der Bürger«, meinte ich tiefsinnig, obwohl mir

viel lockerer zumute war.

Bevor wir ins Philosophieren abdrifteten, entdeckte ich eine zierliche Frau mit kesser Lockenfrisur, die suchend durch das Lokal streifte.

Ich rief: »Frau Dorn?«

Sie kam strahlend auf uns zu: »Sie sind die Herren von der Polizei.«

Nach der Begrüßung fragte sie. »Wen von ihnen soll ich denn herrichten?«

»Mich!« Ich hob meine Linke. »Schließlich bringe ich schon etwas ein. Die Prothese lasse ich natürlich Zuhause.«

Frau Dorn stutzte, dann lächelte sie. »Also mit echten Armstümpfen hatte ich noch nichts zu tun. Wir können ihn aber etwas herausputzen.«

Jetzt lachten wir alle drei.

»Das Gesicht wird ausgehungert und blasser erscheinen müssen. Das kriegen wir alles hin. Abgetragene Klamotten dürften auch kein Problem sein. Vier Tage nicht rasieren ist auch okay.«

Man sah richtig, wie sie nachdachte.

»Andererseits dürfen wir nicht zu dick auftragen, damit alles echt erscheint. Unsere Darsteller auf der Bühne haben ja einen gewissen Abstand zum Publikum. Da müssen wir auf Fernwirkung schminken. Sie aber wollen ja direkt unter die Leute.«

»Also wenig Blut und viel Kunst«, sagte ich stolz.

»Wahrscheinlich umwickeln wir sogar ihren Arm und zeigen gar keine Wunde. Ein blutiges, schmutziges Tuch wirkt viel bedauernswürdiger.«

Jetzt erschien Christian Stückl. Er bat uns, mit raus in den Biergarten zu kommen, weil er rauchen möchte.

Es war eine laue Sommernacht.

Er betrachtete mich kritisch. »Sie wollen sich mit den Profis anlegen – also, ich meine jetzt die Bettler?«

»Wir wollen sie zwingen, etwas mehr Kriminalität zu zeigen«, sagte Schubert, »damit wir härter durchgreifen können. Verkrüppelungen und Verunstaltungen auszustellen ist ja nur bedingt strafbar – aber es nimmt überhand.«

»Da ist Brecht ja ein prima Lehrmeister. Waren Sie in der Vorstellung?«

Wir nickten und versicherten, wie gut es uns gefallen hat.

»Nur Bettler haben wir wenig gesehen«, fügte ich lachend an.

»Dafür haben wir uns mit den Huren doch ganz schön Mühe gegeben«, gab Stückl zurück. Er sprach stark bayrisch. »Aber gleich in der ersten Szene bekommen Sie ja das gesamte Programm«.

Er sprang auf und spielte uns gleich die Szene zwischen Peachum und dem jungen Bettler noch einmal mit Originaltext vor. Diesmal fast in Hochdeutsch. Und jedes Mal mit toller Performance: »Das sind die fünf Grundtypen des Elends, die geeignet sind, das menschliche Herz zu rühren. Der Anblick solcher Typen versetzt den Menschen in jenen unnatürlichen Zustand, in welchem er bereit ist, Geld herzugeben.

Ausstattung A: Opfer des Verkehrsfortschritts. Der muntere Lahme, immer heiter, immer sorglos, verschärft durch einen Armstumpf.«

Dabei unterstrich er seine Ausführungen mit heftigen Gebärden und Verrenkungen. »Ausstattung B: Opfer der Kriegskunst. Der lästige Zitterer, belästigt die Passanten, arbeitet mit Ekelwirkung, gemildert durch Ehrenzeichen. Ausstattung C: Opfer des industriellen Aufschwungs. Der bejammernswerte Blinde oder die Hohe Schule der Bettelkunst. Heute würden wir wahrscheinlich noch ein Opfer terroristischer Anschläge dazu erfinden.«

Er setzte sich wieder. Wir klatschten Beifall. Die Leute an den Nebentischen schlossen sich begeistert an.

»Es scheint, als ob Sie am liebsten meinen Einsatz begleiten würden.«

»Wäre nicht schlecht. Hab aber keine Zeit. Bin grad wieder in Oberammergau. Aber toi, toi, toi, sag ich jetzt schon.«

Ich hob meinen Armstumpf. »Damit könnte ich doch punkten. Ausstattung A. Frau Dorn will ihn noch ein bisschen herausputzen.«

Stückl grinste. »Grundsätzlich nicht schlecht. Aber Brecht sagt, dass einem niemand sein eigenes Elend glaubt. Wenn du Bauchweh hast und du sagst es, dann berührt das nur widerlich. Trotzdem: Ihr Arm ist natürlich eine gute Vorlage.«

»Ich glaube, nur deshalb kamen die Kollegen auf mich.«

Schubert schüttelte den Kopf: »Du warst auch ein sehr guter und vor allem mutiger Polizist. Darf ich erzählen, wie du deinen Arm verloren hast?«

»Bitte, ich hol mir derweil noch ein Bier. Noch jemand?«

Schubert hob sein Glas, Frau Dorn hielt die Hand über das ihre und Stückl schüttelte den Kopf und steckte sich eine neue Zigarette an. Als ich mit zwei Bier zurückkam, erntete ich bewundernde Blicke.

Ich kannte das schon. Wir verabredeten, die Aktion am 7. Juli, einem Freitag, durchzuziehen. Ich sollte um 9 Uhr in der Maske sein.

Das Abenteuer begann. Frau Dorn hatte mich in der Früh als ›Mann, der bessere Zeiten gesehen hat‹ ausstaffiert. Ein schlotternder Anzug aus dem Fundus. Etwas weit, aber mit zu kurzen Ärmeln, sodass mein Arm mit dem blutig verschmutzten Wickel besonders hervorstach.

»Den hat scho der Brenner Hansi als Schwejk getragen. Mei is des her«, sagte die Garderobiere, die mehrere Stücke zur Auswahl gebracht hatte. »A bisserl kleiner war er scho, aber zu kurze Hosen - des passt.«

Sogar eine Krawatte wurde mir umgebunden.

»Er will zeigen, dass er sich zusammenreißt. Das verschafft Respekt«, erklärte Frau Dorn.

Außerdem war unter dem Knoten ein Mikro verborgen. Den kleinen Sender hatte man mir auf den Rücken geklebt und über dem Ohrhörer hingen meine zotteligen Haare.

Mit der gesunden Hand hielt ich – weit vorgestreckt – eine Tasse, auf der nur DANKE stand. An der Seite hing mir ein Einkaufsbeutel, in den ich ab und zu meine Tasse entleeren konnte.

Zum Schluss spuckte man mir über die linke Schulter und wünschte mir *toi, toi, toi* - und ich durfte keineswegs *Danke!* sagen. Alles Aberglaube.

Die Kollegen fuhren mich zum Einsatzort. Kurz vorm *Marienplatz*, in der menschenleeren *Maderbräustraße* setzte man mich ab. Musste ja keiner sehen, dass ich aus einem polizeiwagen stieg.

Langsam lief ich los.

Ich hatte doch etwas Herzklopfen. Oder soll ich sagen

Lampenfieber?

Bereits vor der Mariensäule saß eine junge, schmuddelige Frau und hielt ihr Baby an die Brust. Vor ihr stand ein Pappschild mit einem Wort: HUNGER. Daneben eine Dose mit einigen Münzen.

Sie warf mir einen bösen Blick zu. Ich tat, als sähe ich sie nicht.

Prompt klimperten die ersten Münzen in meinem Becher.

Ein Kind, offenbar von der Mutter geschickt, hatte eingeworfen. Sie lief erleichtert zurück. Die Mutter erklärte ihr wohl, dass sie den Falschen erwischt hat und gab dem Kind noch einmal Geld. Diesmal kam es in die richtige Dose. Ich ging etwas schneller weiter.

Am Wildschwein vorm Jagdmuseum machte ich eine Pause. Da entdeckte ich gegenüber einen ›Kollegen‹ der auf zwei Beinstümpfen hockte. Er musterte mich zunächst misstrauisch, dann hasserfüllt und zog tatsächlich ein Handy aus der Tasche und telefonierte. Wahrscheinlich wurde der Chef jetzt von meinem Erscheinen informiert.

Ich gab die Meldung an meine Bewacher weiter.

»Okay, wir passen doppelt aufmerksam auf dich auf«, bekam ich die beruhigende Antwort.

Interessiert verglich ich mein Äußeres mit dem des echten Bettlers. Sah man einen Unterschied? Mein Armstumpf wirkte blutiger als seine Beinstümpfe. Sie steckten in einer Art Ledertasche. Aber sonst? Ja, doch. Die ›besseren Zeiten‹ schimmerten irgendwie durch. Mein Outfit wirkte sauberer. Vielleicht auch nur, weil es nach Jahren im Fundus eines Stadttheaters nach Mottenpulver roch.

Aber die Augen. So hasserfüllt und brennend konnte nur ein Underdog schauen. Ein armes Rädchen, das in einem mafiösen System funktionieren musste.

Inzwischen hat es mehrmals in meiner Sammeltasse geklimpert. Ein erster Tassensturz ergab elf Euro und 27 Cent.

Nicht schlecht für eine halbe Stunde wandern. Mindestlohn war kein Thema.

»Muss ich das mühsam Erarbeitete eigentlich an sie Staatskasse liefern?« fragte ich meine Hintermänner.

»Kommt in die Weihnachtsfeier«, kam es prompt zurück.

Jetzt kamen zwei Männer auf mich zu. Sie fixierten mich streng. Ich überlegte schon, ob ich in die nahe St. Michaels-Kirche flüchten sollte, als sie kurz vor mir stoppten und freundlich grinsten.

»Peachum is watching you!«

Es war wirklich beruhigend.

Im Schatten der Bäume schräg vorm Augustiner saß ein Mann ohne Arme. Er blickte zu Boden, als ob er sich schämen würde.

Ich dagegen hatte inzwischen den treuherzigen Hundeblick voll drauf und schaute die Entgegenkommenden direkt an. Nach kurzem Zögern zogen viele dann ihren Geldbeutel.

Es funktionierte bis kurz vorm *Oberpollinger*. Da kam ein Kerl auf mich zu, der aus allen Poren Feindschaft absonderte. Als er neben mir war, zischte er: »Verpiss dich!« Und schlug mir kräftig auf die vermeintliche Wunde.

Ich sah ihm nach und registrierte noch, dass meine Bodyguards ihn auch bemerkt hatten.

Am Stachus fragte ich meine Einsatzleitung, ob ich den Platz oberirdisch oder durchs Tiefgeschoss queren soll?

Nach kurzer Beratung erhielt ich die Anweisung: »Bleib oben. Da haben wir eine bessere Übersicht.«

Ich ließ mich weiter treiben. Vor dem Kino stand ein Straßenmusikant, der mit Gitarre und Mundharmonika melancholischen Blues produzierte. Er gehörte sicher nicht zur Bande, denn er beachtete mich gar nicht. Fast hätte ich einen Euro in seinen Hut geworfen.

Ohne weitere Zwischenfälle erreichte ich die Zweigstraße. Schon nach kurzer Zeit hörte ich im Kopfhörer: »Obacht,

Larry. Zwei Verdächtige sind eben in deine Straße eingebogen. Siehst du vor dir das Hotel Condor?«

»Ist ja nicht zu übersehen.«

»Versuche, bis dort zu kommen. Hinter den Scheiben warten vier Kollegen auf dich. Die sind sofort draußen.«

»Verstanden.«

»Weißt du, was im Fußball der Ruf *Leo!* bedeutet?«

»Achtung, Hintermann!«

»Exakt. Das wird unser letztes Signal sein. Dann geht's los! Viel Glück.«

»Okay, Kollegen. Ich bin gewappnet.«

Ich beschleunigte. Kurz vor dem Ziel hörte ich ein »Leo!« und dann direkt hinter mir: »Her mit den Moneten, du Schwein!«

Eine Faust schlug mir in den Nacken. Mein Einkaufsbeutel wurde mir abgerissen.

»Leer ihm die Taschen.«

Ich fuhr herum. Jetzt bedauerte ich, dass ich meine Prothese nicht trug. Sie hätte meine Schlagkraft verstärkt. So setzte ich nur einen rechten Haken gegen die Leber meines Gegners.

»Hilfe, Polizei!« rief ich noch zum Schein. Ein Hieb traf mich neben dem Ohr. Ein Tritt in die Kniekehle ließ mich zusammensacken. Dann fingen mich kräftige Arme.

»Hände hoch, Polizei!«

Ich war befreit.

»Sie sind vorläufig festgenommen, wegen Körperverletzung und Straßenraub!«

Das war Schubert.

Er sah mich an. »Sie wollen sicher Anzeige erstatten?«

Trotz Schmerzen am rechten Kiefer, musste ich grinsen. »Selbstverständlich. Ist ja unglaublich. Mitten am helllichten Tag. Mitten in München.« Am Ende der Straße tauchte ein Kleinbus der Polizei auf. Wir fuhren alle in die *Ettstraße.*

München, 15. August 2017

Plötzlich wurde der Mord im Zelt wieder gegenwärtig. Es war an dem schönen bayrischen und besonders hirnrissigen Feiertag, als ich eine Mail bekam. Der Absender sagte mir nichts: *carolina.boric@ri.t-com.hr.*

Also offensichtlich aus Kroatien. Unter Betreff stand nur: Vater.

Ich las mit wachsendem Interesse:

»Werter Herr. Ich habe ihre Karte von Policija in Rijeka. Ich bin die Tochter von Peter Weiss. Geboren 1996 in Zagreb. Policija sagt, Sie haben meinen Vater gefunden. Ich weiß wenig über ihn. Moechte Sie gern sprechen. Kann ich nach Muenchen kommen? Bitte sehr. Gruesse Carolina Boric«

Ich antwortete sofort.

»Hallo, Frau Boric. Bin jederzeit zu sprechen. Mache keinen Urlaub. Rufen Sie an wegen Termin. Ihr Lars Urbach.«

Ich schickte meine Handynummer mit, weil ich mal wieder die BMW bewegen wollte. Drei Stunden später kam der Anruf. Sie erwischte mich auf der Monialm über dem Tegernsee. Ihr Deutsch war einwandfrei. Wir verabredeten uns für den nächsten Donnerstag.

Sie kam mit dem *EuroNight* und war bereits um viertel nach sechs am Hauptbahnhof. Im Sommer liebe ich es sogar, so früh aufzustehen.

Als Erkennungszeichen hatte ich den roten Schal des FC Bayern vorgeschlagen, den ich tragen würde. Den Club kannte sie, weil Mario Mandžukic und Ivica Olic dort gespielt haben. Wie gesagt: Es war Mitte August 2017.

Ein Jahr später, als ich die Geschichte niederschrieb, wäre das Gespräch völlig anders verlaufen: Kroatien war inzwischen Vize-Weltmeister. Ihr Kapitän Weltfußballer. Ein Kroate war Trainer der Bayern geworden und gescheitert – damals alles undenkbar.

An jenem Morgen auf dem Bahnsteig kam eine hübsche, junge Frau auf mich zu. Gerade mal zwanzig, wie ich schon wusste. Mittelgroß. Etwas füllig rundum, aber proper. Man mochte eher von Wonneproppen, als von Adipositas sprechen. Alles verpackt in einem gut sitzenden, hellen Hosenanzug.

Haare schulterlang, dunkel, mit hellen Strähnchen, links gescheitelt. Eine schmale Lücke zwischen den oberen Schneidezähnen gab ihr etwa Kindliches.

Ihre Handtasche hing am Riemen über der Schulter. Und das lustigste war ein rotes Bayerntrikot mit dem Aufdruck 9 Lewandowski, das sie wie ein Torero vor sich hertrug.

Dunkle Augen strahlten mich an: »Sie sind Herr Urbach?« Mehr Statement als Frage.

Wir gaben uns die Hand.

»Hallo, Frau Boric. Willkommen in München. Lewandowski wird aber noch schlafen.«

»Habe ich spontan am Bahnhof in Zagreb gesehen und gekauft. Ist zwar Pole, aber gut.«

»Sie scheinen Fußballfan zu sein?«

»Nur schöne Spiele. Madrid, München, Juventus, Barcelona.«

»Also kein Fan, sondern Kenner.«

»Naja. Nicht besonders. Solala.«

»Bei uns geht es morgen wieder los. Jetzt aber zum Wesentlichen: Kaffee? Frühstück?«

»Wäre gut, ja!«

Ich nannte ihr die möglichen Frühstückslokale. Sie entschied sich für Starbucks. »Haben wir auch in Zagreb. Das ist gut!«

Sie sprach das »U« immer sehr kurz.

»Oder möchten Sie schon richtig essen?«

»Nein, nein – das ist okay.«

Zu dieser frühen Stunde war es ruhig im Lokal. Wir verzogen uns ins hinterste Eck. Ich habe schon in weitaus lausigerem Ambiente ein erstes Gespräch mit einem Mandanten geführt. Und jetzt ging es erst mal um Kaffee – und der war gut!

Sie hatte *Caffè Latte* und einen *Frischkäse Bagel mit Gurke* bestellt. Mir genügte so früh ein *Caffè Americano*. Sie schaute gebannt, wie ich mit meiner Prothese den Löffel zum Umrühren fasste. Solche Übungen mache ich gern, um auch die Linke fit zu halten. (Natürlich auch, um Eindruck zu machen.)

Nach den Fragen zur Fahrt (Sie habe gut geschlafen. Kein Problem. Heute Nacht das Gleiche zurück. Es mache ihr nichts aus), begann ich das Gespräch:

»Peter Weiss war also ihr Vater?«

»Ja, aber ich kannte ihn kaum. Mutter war nicht verheiratet. Sie war Sekretärin bei der Stasi, wie die Deutschen sagen. Also bei der jugoslawischen Stasi. Zuerst sagte sie immer, mein Vater sei tot.«

Sie hielt inne. »Jetzt ist er tot. Sie haben ihn gefunden. Ein Deutscher findet einen Deutschen in Kroatien. Zufall? Sagen Sie, wie es war.«

Ich erzählte von den Ameisen und der Schrift. Den Sand ließ ich aus.

Sie dachte nach. »Weiss und Blacky – wie passt das zusammen?«

»Wer das enträtselt, findet sicher auch den Mörder.«

Sie schaute mich lange an. Endlich begann sie:

»Ich muss jetzt mal ausholen, damit Sie wissen, warum ich hier bin.«

»Bitte, darum bin auch ich hier«, ermunterte ich sie.

»Mein Problem ist, dass niemand sich für ihn und den Mord interessiert. Die kroatische Polizei sagt, ist deutscher Bürger und deutscher Mörder, die Deutschen sagen, ist schon lange weg aus Deutschland und zeigen wenig Interesse. Offenbar gibt es keinen Eintrag im Geburtsregister unter dem Namen Peter Weiss und diesem angeblichen Geburtsdatum.«

»Wer ist denn in Deutschland zuständig?«

»Die Staatsanwaltschaft in Naumburg. Als Geburtsort war Wittenberg eingetragen.«

Sie gab mir eine Kopie eines amtlichen Schreibens. Darin teilt der Generalstaatsanwalt des Landes Sachsen-Anhalt dem deutschen Botschafter mit, dass der Fall Weiss *aufgrund des Tatorts, des Wohnorts und der unbestimmten Herkunft des Opfers hierzulande keinerlei Priorität besitzt.* Er fährt dann fort, dass der erhebliche Personalabbau in den vergangenen Jahren zu einer deutlichen Zunahme der Verfahrenslaufzeiten geführt habe. Längst seien die Grenzen der Belastbarkeit in der hiesigen Justiz überschritten. Und eine effektive Justizgewährung mit dem vorhandenen Personal sei inzwischen kaum noch gewährleistet. Wir bedauern das. Er erklärt dann, wie seine Behörde den Bedarf ermittelt und schließt:

Bitte teilen Sie Frau Boric mit, dass wir uns zu gegebener Zeit melden. Re vera: Wenn hier neue Erkenntnisse zum Sachverhalt vorliegen. Gewissermaßen als Trost kann ich nur hinzufügen: Mord verjährt nicht.

Hochachtungsvoll, pipapo …

Ich gab ihr das Blatt zurück.

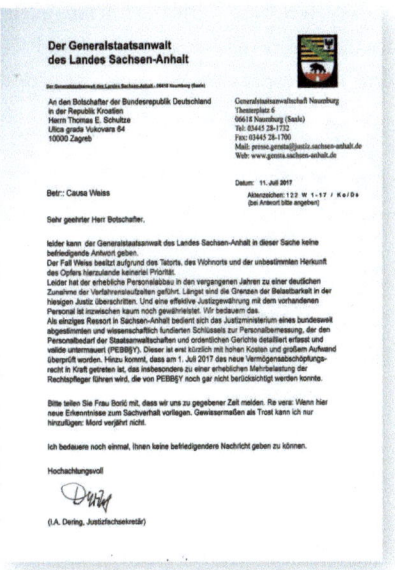

»Klingt nicht sehr ermutigend.«

Sie nickte, schob das Schreiben in ihre Tasche zurück und sah mich dann fest an: »Man hat mir gesagt, Sie waren Polizei und sind jetzt Detektiv. Ich möchte Sie ganz offiziell engagieren. Bitte finden Sie heraus, wer mein Vater war und wer ihn umgebracht hat. Geld ist genug vorhanden. Wer? Warum? Ich will es wissen. Sein Mörder soll nicht unerkannt davon kommen.«

Ich reichte ihr über den Tisch hinweg meine Hand: »Einverstanden. Ich nehme den Auftrag an. Nicht wegen des Geldes, sondern wegen der rätselhaften Umstände. Da wird ein alter Polizist neugierig.«

Sie winkte der Bedienung und fragte tatsächlich, ob sie Sliwowitz hätten.

Die wusste nicht mal, was das ist.

»Schade. Ich hätte das jetzt - wie sagt man?«

»Besiegelt. Aber das macht nichts. Wir besiegeln das später in meinem Büro. Jetzt erzählen Sie erst mal, was Sie von ihrem Vater wissen.«

Sie holte tief Luft. »Wenig. Sehr wenig. Ich war sechs Jahre alt, als er mich kennen lernen wollte. Dann hat er mich und Mama in die Ferien eingeladen. Ich habe dann erfahren, dass er Bier und Getränke importiert. Einmal hat er mir seine Firma gezeigt. Und er schenkte mir immer so Werbesachen der deutschen Bierfabriken.

Als ich acht war, wurde in Zagreb eine deutsche Schule gegründet. Mein Vater meldete mich an und zahlte das Schulgeld. Ich soll die Vatersprache lernen. Dafür bin ich sehr dankbar.«

»Das ist ja auch toll gelungen. Perfekt.«

»Danke. Ich habe deutsches Abitur und studiere Dentalmedizin in Rijeka. Im Wintersemester will ich ein Jahr nach Wien.«

»Warum nicht gleich München?«

Sie lachte. »Das kann ich mir ja noch überlegen.«

Auf meinen fragenden Blick: »Ja, wirklich!«

»Woran liegt's?«

Sie nahm noch einen Schluck Kaffee und begann mit einem tiefen Seufzer: »Ich habe Geld, viel Geld.«

»Sie Ärmste.«

»Nein, kein Spaß. Mein Vater war offensichtlich sehr reich. Ich habe fast eine Million geerbt. Euro. Das Problem ist, ich weiß nicht, woher? Mit Bierverkauf kann man doch nicht so viel verdienen.«

»Da fragen Sie mal einen Wiesnwirt«, wandte ich ein.

Sie verstand nicht.

»Das sind die Wirte auf dem Oktoberfest.«

»Ah - «, ein verständnisvolles Lächeln huschte über ihr Gesicht. »Als ich 18 Jahre alt war, ist mein Vater mit mir hergefahren. War gut!«

»Da hat der Liter doch schon zehn Euro gekostet.«

»Habe ich nicht so registriert. Hat Vater ja alles bezahlt.«

»Traf ja offenbar keinen Armen.«

»Nein. Das Geschäft habe ich auch geerbt – und gleich an die Mitarbeiter verkauft. Will damit nichts zu tun haben.«

»Jetzt studieren Sie mal schön und machen dann eine perfekte Praxis auf.«

»Genau. Vorher möchte ich aber noch Klarheit über meinen Vater. Und da sollen Sie mir helfen.«

»I will do my best! - Kommen Sie, gehen wir mal rüber in mein Büro – ist nicht weit – und besprechen das weitere Prozedere. Und dann zeige ich Ihnen ein bisschen München. Okay? Oder haben Sie noch etwas vor?«

»Bis 13 Uhr habe ich frei. Dann bin ich mit einer Freundin aus der Schulzeit verabredet. An einem Brunnen auf dem Marienplatz. Sie kennen ihn?«

»Na klar. Das passt. Ich werde Sie pünktlich dort abliefern.«

Auf dem Weg in mein Büro fragte ich sie, ob sie wüsste, welche Rolle Wittenberg in der deutschen Geschichte gespielt hat?

Sie lachte. »Wer auf einem deutschen Gymnasium Abitur gemacht hat, musste natürlich alles über den Herrn Martin Luther wissen. Wir haben ihn nicht nur als Reformator, sondern auch als Sprachschöpfer erkundet. In Wittenberg hat er seine Gedanken an die Schlosstür genagelt.«

Der Ausdruck amüsierte mich. »Es war die Tür der Schlosskirche. Sie müssen wissen, dass es ganz üblich war, irgendwelche Nachrichten oder Thesen, wie wir sagen, an diese Tür zu heften. Sie war sozusagen ein 'Schwarzes Brett'.

Den Ausdruck kennen sie doch sicher auch?«

»Hatten wir sogar in der Schule.«

»Ob Luthers Thesenanschlag tatsächlich in dieser Form stattgefunden hat, ist umstritten. Nachgewiesen ist, dass er die Thesen am 31. Oktober 1517 handschriftlich an zwei Bischöfe und an weitere Theologen versandt hat. Er wollte eigentlich nur zur Disputation über den Ablasshandel auffordern. Dass er die Reformation damit auslöste, war gar nicht seine Absicht.«

»Und? - Sind Sie Lutheraner?«

»Ich bin gläubiger Atheist.«

»Oh, das klingt gut. Wir Kroaten sind ja katholisch. Aber gläubig bin ich nicht.«

Bevor wir das Gespräch vertiefen konnten, waren wir am Elisenhof angekommen. Im vierten Stock war mein Büro.

München, 17. August 2017

Der Vertrag war schnell gemacht. Ich wurde beauftragt, die wahre Identität des Peter Weiss herauszufinden und möglichst auch seinen Mörder zu überführen.

Nachdem wir beide unterschrieben hatten, zog sie eine Bankkarte aus ihrer Tasche.

»Hier ist die VISA-Card für ein Konto der *Unicredit-Bank*, die gibt es auch in München.«

»Ich weiß. Sie heißt hier *HypoVereinsbank*.«

»Ja, steht auch drauf. Das Konto gehörte meinem Vater. Er hat hier seine Euro-Geschäfte - wie sagt man? - abgemacht?«

»Abgewickelt.«

»Ja, genau. Deshalb war es einfach, von Zagreb aus zu bearbeiten und auf seine Erbin umzuschreiben. Hier sind PIN und Zugangscode fürs Internetbanking. Gehen Sie gleich mal rein.«

Es klappte reibungslos.

»Sie sehen, zur Zeit sind 30.000 Euro drauf. Sie können täglich bis zu 2.500 Euro abheben. Wenn Sie mehr brauchen, melden Sie sich. Mit der Karte direkt zahlen, geht nicht, wegen der Unterschrift. Sie verstehen?«

»Alles klar. Das ist sehr großzügig, danke!«

»Vaters Geld soll doch wenigstens seinen Mörder entlarven.«

Ich schaute sie an. Sie wirkte jung und unschuldig, noch unberührt von den Bösartigkeiten dieser Welt. »Es könnte aber sein, dass ich auch ihn entlarve.«

Sie nickte. »Ich will die ganze Wahrheit.«

Es klang wie ein Schwur.

»Eine Bitte hätte ich schon jetzt: Können Sie mir von der Polizei in Zagreb oder in Rijeka die Liste der Deutschen besorgen, die am Todestag abgereist waren. Das wäre ein erster Ansatz meiner Ermittlungen. So viele werden das nicht sein.«

Sie nickte. »Okay, ist sicher kein Problem. Policija in Punat hat mir die Liste schon gezeigt. Ob ich jemand kenne? Waren zehn oder zwölf Menschen.«

»Hört sich prima an.«

Sie überlegte.

Ich schwieg.

Schließlich zog sie einen braunen, gefütterten C5-Umschlag aus ihrer Tasche und schob ihn mir rüber.

»Ich habe auch noch eine Bitte. Aber schauen sie zuerst.«

Auf dem Umschlag stand: *Za kceri moje Carolina Boric.*

»Das heißt: Für meine Tochter. Den Brief gab mir ein *biljeżnik* – wie sagt man ?«

»Anwalt?«

»Ja, anderes Wort.«

»Notar?«

»Ja, Notar von Testament.«

Der Umschlag war ursprünglich versiegelt. Das Siegel zerbrochen. Ich zog einen Brief heraus. Es war ein Bogen der

HypoVereinsbank, wie man ihn als Konferenzblock benutzt.

Links neben dem Briefkopf klebte ein kleiner Sicherheitsschlüssel.

Der Brief war handschriftlich. Ich drucke ihn hier aus:

München, den 22. März 2012

Mein liebes Kind. Wenn du dieses Schreiben bekommst, bin ich tot. Du wirst heute 16 Jahre alt und dein Vater, den du kaum kennst, legt dir zur Feier des Tages ein Vermögen an. Es soll dich für deine vaterlose Kindheit entschädigen.

Du musst es nur auslösen. Und das geht so: In München am Promenadenplatz gibt es eine Filiale der UniCredit, die du ja auch aus Zagreb kennst.

Du musst mit diesem Schlüssel zur Schließfach-Aufsicht gehen. Zeige diesen Schlüssel und sage Code: Hannibal. Er wird deinen Pass sehen wollen und dich in ein Buch eintragen. Dann bekommst du einen zweiten Schlüssel und er führt dich an das Fach. Er muss dich dann wieder allein lassen. Achte unbedingt darauf, dass niemand mit dir im Raum ist.

Warum München? wirst du fragen. Ursprünglich lag der Schatz bei der Hypo-Alpe-Adria, die nach dem Zerfall Jugoslawiens in den Nachfolgerstaaten viele Geschäfte machte. Gute und schlechte. Als sie von Bayern gekauft wurde, ließ ich das Geld aus Sicherheitsgründen nach München transferieren. Mit den ausgestellten Unbedenklichkeitserklärungen konnte ich dann alles sicher bei der Hypo-Vereinsbank bunkern. Wenn nötig, geben sie dir auch Bescheinigungen, dass du es wieder zur Zagrebacka banka bringen kannst. Alles Weitere erfährst du vor Ort.

Die beiliegenden Scheine gib bitte dem bilježnik. Ich habe es ihm versprochen.

Mein liebes Kind werde glücklicher damit als ich es geworden bin.

Das wünscht sich von Herzen Dein treuloser Vater

Peter Weiss

Ich schob den Brief zurück in den Umschlag und schaute sie an.

»Scheint Schwarzgeld zu sein. Und Sie sollen es weißwaschen.«

»Solange ich nicht weiß, woher es kommt, habe ich kein echtes Problem damit. Aber ich möchte, dass Sie mich zur Bank begleiten.«

»Wie viel hat denn der Bil- «

»Bilježnik!«

»Der Notar bekommen?«

»Fünftausend US-Dollar.«

Ich pfiff durch die Zähne.

»Scheint ja wirklich ein großer Schatz zu sein.«

Sie hob die Schultern. »Keine Ahnung. Aber das Geheimnis hinter dem Schatz interessiert mich mehr als jedes Geld.«

Ich stand auf und lächelte zuversichtlich - so sollte es jedenfalls wirken.

»Dann wollen wir dem Geheimnis auf den Grund gehen.«

Der Weg zur Bank war kurz. Die Modalitäten entsprachen der Beschreibung im Brief. Natürlich musste auch ich mich ausweisen. Caroline stellte mich als ihren Bodyguard vor, der nicht von ihrer Seite weichen wird. Das wurde akzeptiert.

Nachdem der Beamte uns allein gelassen hat, öffnete Caroline das Fach und zog die Schublade auf.

Wieder gab es einen Brief. Darunter lag ein Plastikpaket. Sie hob es hoch. Es umschloss etliche Metallplatten verschiedener Größe.

Alle trugen die Prägung *Hereus Feingold 999,9*. Es waren tatsächlich Goldbarren. Sechs der Vertiefungen in dem Paket waren bereits leer. Das Gold entnommen.

»Mein Gott.« Sie ließ das Paket zurücksinken.

»Ich habe das schon einmal bei einem Raubüberfall gesehen. Das war ein versiegeltes Investorenpaket. Das kauft man und legt es auf die Bank und wartet auf steigende Goldpreise. Ich denke, billiger ist es in den Jahren nicht geworden. Kenn mich mit Gold aber nicht aus.«

Sie wog das Päckchen in der Hand. »Das sind ja Kilo?«

Ich nickte. »Mit Gramm gibt sich so ein Investor nicht ab.«

Sie nahm Paket und Brief und wir gingen zum Tisch.

Sie las das Papier und reichte es mir dann mit einem Nicken.

Es war wieder handschriftlich:

Mein liebes Kind!
Herzlich Willkommen bei meiner Bank in München.
Dieser Schatz gehört Dir! Da staunst du, was?
Das Geheimnis, woher das Gold stammt und wer Dein Vater in
einem anderen Leben war, wird mit mir im Grab versinken. Damit
eine Ruhe ist und du ganz neu anfangen kannst, nur so viel: Ein
Bankraub oder ein anderes Verbrechen steckt nicht dahinter. Ich
war nur zur richtigen Zeit an der richtigen Stelle. Andere Beteiligten
habe ich bereits ausgezahlt. Am besten tauschst du das Gold einzeln
um. Nicht alles auf einmal. Das könnte Aufsehen erregen und Nei-
der auf den Plan rufen.
Am besten fängst du mit den kleinen Barren zu 10 oz an. Sie sind
— Stand heute — etwas über 10.000 € wert. Da muss man keinen
Herkunftsnachweis führen. Aber hier die Zagrebacka banka und
auch in Kärnten (Da bekommst du alles in Euro und musst nicht
erst Kuna nehmen!!!) sind die Banken großzügig. Frage aber immer
vorher an. Vielleicht kostet es ein kleines Bakschisch.
Vorsicht an der Grenze. (Ich habe einen Barren immer in der Son-
nenblende versteckt. Zöllner schauen nämlich immer nach unten in
ein Auto).
So, meine Kleine …, ich wünsche dir, daß du mit diesem Geld mehr
aus deinem Leben machst als Dein Vater.
Peter Weiss

Ich faltete den Brief wieder zusammen und schaute sie an. »Was denken Sie?«

»Dass ich es anders machen möchte. Mir ist nicht wohl, hier in München ein geheimes Konto zu haben. Eigentlich möchte ich alles ganz offiziell machen.«

Ich nickte. »Brav. Ich schlage vor, wir gehen jetzt mit dem Gold gleich hier zu einem Banker, tauschen es um und eröffnen ein korrektes Konto auf Ihren Namen. Die wissen ja offenbar Bescheid und werden keine Schwierigkeiten machen.«

Sie schaute erschrocken. »Was meinen Sie unter Schwierigkeiten?«

»Nun, nach dem Gesetz müssen die Banken bei solch hohen Einlagen nachprüfen, ob das Geld legal erwirtschaftet wurde. Hier können Sie sagen, dass die Bank von dem Vermögen ihres Vaters schon seit Jahren wusste.«

So war es.

Nachdem Carolina der Aufsicht die Kündigung des Schließfachs mitgeteilt hatte, wurden wir in einen Konferenzraum geführt. Ein Laptop stand schon bereit.

Ein Banker kam herein und reichte uns die Hand.

»Lassen Sie mich den Vorgang schnell aufrufen. Wie waren der Name und die Schließfachnummer?«

»225. Peter Weiß.«

»Da ist es schon. - Sie haben Passwort und Schlüssel korrekt geliefert und haben unbegrenzt Zugang. Wie kann ich Ihnen weiterhelfen?«

»Ich möchte das Schließfach kündigen. Und den Inhalt, dieses Gold, verkaufen und auf mein Konto bei ihrer Bank in Zagreb übertragen.«

Er nahm seine Brille ab und runzelte die Stirn. »Ist im Moment – also, wenn ich einen Rat geben darf –«

Sie fuhr ihm dazwischen: »Ich möchte in jedem Fall. Um flexibel zu sein. Verstehen Sie. Ich lebe in Zagreb.«

Beleidigt setzte er die Brille wieder auf, schaute noch einmal fragend zu mir, doch als ich keine Miene verzog, sagte er nur: »Wie sie möchten. Ich werde mal schauen.«

Er tippte auf die verbliebenen Barren und anschließend in seinen Laptop, lehnte sich dann zufrieden zurück. »Sie haben hier ein Investorenpaket mit ursprünglich 3460 Gramm Feingold. Wie sie sehen, fehlen sechs Barren mit insgesamt 810 Gramm. Verbleiben 2650 Gramm.«

Wir nickten nur.

Wieder tippte er in seinen Laptop, um endlich zu verkünden: »Meine Bank bietet Ihnen – selbstverständlich nach einer Echtheitsprobe – woran wir natürlich keinen Zweifel hegen. Aber das muss sein. Also inklusive aller Kosten kann ich Ihnen 84.725 Euro anbieten. Cash auf Ihr Konto.«

Carolina sagte nur: »Einverstanden.«

»Wenn Sie dann bitte hier warten möchten. Wir prüfen mit einer Ultraschallanalyse. Es wird höchstens eine halbe Stunde dauern.«

Tatsächlich kam er nach 23 Minuten zufrieden zurück.

Nachdem alle Formalitäten erledigt, alle Papiere unterschrieben – darunter der Hinweis, dass die Bankenaufsicht von dieser Transaktion informiert werden wird –, verließen wir gegen elf die Bank.

Ich schlug vor, die zwei Stunden bis zum nächsten Treff mit einer Sightseeingtour zu verbringen.

Carolina war einverstanden. Ich zeigte ihr Nymphenburg, das Olympiastadion und die Allianz-Arena – natürlich nur von außen. Am Schloss machten wir ein paar Schritte in den Park, dann war die Zeit schon um. Ich setzte sie am Stachus ab und zeigte ihr den Weg durch die Fußgängerzone zum Marienplatz.

Zum Abschied umarmten wir uns und wünschten uns gegenseitig viel Erfolg.

München, 25. August 2017

Eine gute Woche nach dem Goldtransfer bekam ich unerwarteten Besuch von einem alten Freund. Günter Krollzig war Regierungsrat bei der *'Financial Intelligence Unit'*. Das ist die Zentralstelle für verdächtige Finanztransaktionen, die im Zusammenhang mit Geldwäsche oder Terrorismusfinanzierung stehen könnten. Also eine Art Finanzpolizei.

Krollzig war eigentlich Berliner. Ich hatte mit ihm mehrmals kooperiert, als er noch beim bayrischen LKA war. Alle nannten ihn nur ›Stoni‹, weil er immer, wenn er sich aufregte – und er regte sich oft auf – einen Magenbitter zu sich nahm.

»Det bringt ma wieder runter«, sagte er dann.

Ich mochte ihn. »Günter, komm rein. Hättest du dich angemeldet, hätte ich ne ganze Pulle *Stonsdorfer* bereitgestellt.«

Er lachte: »Die Zeiten sind vorbei. Ick reg ma nich mehr uff, sag ick der. Außerdem bin ich dienstlich hier.«

»Wie das? Meine Steuererklärung hat ein Profi gemacht. Ich habe nur unterschrieben«, gab ich lachend zurück.

Er grinste: »Schlimmer. Dein Pech ist, dass ich dich kenne. Dein Name taucht nämlich in der Meldung über eine verdächtige Finanztransaktion auf. Und laut Statistik schafft es meine Behörde neuerdings, sage und schreibe schon vier Monaten nach einer Meldung, eine Untersuchung einzuleiten. Und weil mir dein Name auffiel, bin ich bereits nach einer Woche hier.«

»Gratuliere!«, sagte ich sarkastisch.

»Eigentlich ist es ja nicht zum Lachen. Vielleicht hast du mitbekommen, dass Schäuble im Juni unsere Anti-Geldwäsche-Einheit vom Bundeskriminalamt BKA zum Zoll verlegt hat. Also vom Innenministerium zum Finanzministerium..

Da ist noch nichts eingespielt. Nichtmal die Software. Wir fallen weniger durch Erfolge im Kampf gegen Geldwäsche als vielmehr durch chaotische Zustände auf. Das Thüringer LKA hat die Zustände in unserer Behörde als ›Risiko für die innere Sicherheit‹ bezeichnet. Musste dir mal vorstellen: Wir sind ein Risiko für die innere Sicherheit. Ick könnt ma schon wieda uffregen.«

Ich zuckte mit den Schultern. »Hab keinen Stoni da.«

Er wischte etwas Imaginäres vor seinen Augen weg. »Jetzt mal ernsthaft: Larry, wir haben die Meldung, dass du zusammen mit einer gewissen Carolina Boric verdächtiges Gold auf der *HypoVereinsbank* eingetauscht und den Erlös nach Kroatien transferiert hast.«

»Stimmt.« Ich stellte mich dumm. »Aber muss ich aussagen? Gibt es kein Bankgeheimnis?«

Er hob die Hand: »Alles korrekt, Larry. Wie du weißt, gibt es ein Geldwäschegesetz. Danach müssen verdächtige Transaktionen gemeldet werden. Meldepflichtig sind: Kreditinstitute, andere Finanzunternehmen, Versicherungsunternehmen, Kapitalverwaltungsgesellschaften und - «, er zog ein Papier aus der Tasche und las mit erhobener Stimme: »Freiberufler aus dem rechts-, wirtschafts- und steuerberatenden Bereich, soweit sie für ihren Mandanten an der Planung oder Durchführung von Geschäften, z.B. der Verwaltung von Vermögenswerten, mitwirken oder im Namen und auf Rechnung des Mandanten Finanz- oder Immobilientransaktionen durchführen. In der Regel werden Transaktionen ausgelöst durch Aufträge eines Kunden an die Bank, wie Überweisungen oder Kontoab- und -umbuchungen, Barabhebungen oder Bareinzahlungen sowie die Einrichtung von Daueraufträgen. Und so weiter und so fort…«

Er senkte das Blatt, schaute mich an und fragte: »Gibst du den Tatbestand zu?«

»Alles völlig korrekt. Also beides: Tatbestand und Tathergang. Alles korrekt. Ich wusste nur nicht, dass ich ihn melden muss. Ich war nämlich nicht im wirtschafts- und steuerberatenden Bereich tätig. Sondern mehr als Bodyguard..«

»Musst du gar nicht. Macht alles die Bank., wie du gerade erfahren hast.«

»Die Dame hat völlig gesetzeskonform das Erbe ihres Vaters angetreten und aufgelöst.«

»Erzähle.«

»Ihr Vater nannte sich Peter Weiss. Er wurde an Pfingsten ermordet. Auf einem Campingplatz in Kroatien. Wie das Leben so spielt, habe ich ihn zufällig entdeckt. Auf seiner Brust stand ›Enttarnt: Blacky!‹. Es stellte sich heraus, dass er Deutscher war, aber sich – von der Stasi unterstützt – eine neue Identität im damaligen Jugoslawien aufbauen konnte. Für seinen Mörder interessierten sich bisher aber weder die Kroaten noch die Deutschen besonders. Die kroatische Polizei gab ihr meine Telefonnummer. Ich soll herausfinden, wer dieser Peter Weiss wirklich war und wer ihn ermordet hat. Es war ja wohl ein Racheakt. Vermutlich begründet in seiner Stasizeit in Deutschland.«

Er hatte aufmerksam zugehört. »Du suchst also jetzt diesen Blacky?«

»Genau! Und dieser Blacky hat als Peter Weiss seiner Tochter ein Bankschließfach in München vermacht.«

»Mit Gold drin?«

»Goldbarren zum Tageswert von 86.725 Euro.«

Er stöhnte auf. »Det könnte von dem Gold sein, det wir suchen. Stasi-Gold. Passt doch alles zusammen.« Er schaute auf die Uhr.

»Gleich Halbsechs. Hier ist doch das Café Kosmos ganz in der Nähe? Wollen wir nicht ein Gläschen zu uns nehmen? Von mir aus auch zwei?«

Ich war einverstanden.

Wir verlagerten unseren Standort. In der oberen Etage der kleinen Bar fanden wir ein Plätzchen. Der schmale Bürgersteig und der Verkehr auf der *Dachauerstraße* bot keinen Platz, um draußen zu sitzen. Wir bestellten einen trockenen Weißen.

»Passt doch zum Fall«, bemerkte ich.

»Hä?«

»Peter Weiss«.

»Auch gut«, meinte Günter. »Ich erzähl dir jetzt mal die Geschichte der ›roten Fini‹, damit du weißt, wovon wir reden«, begann Krollzig wieder seinen Vortrag.

»Eigentlich hieß sie Rudolfine Steindling, eine österreichische Jüdin und Kommunistin. Nach dem Zweiten Weltkrieg arbeitete sie als Sekretärin in der Wiener Dependance der ungarischen *Central Wechsel- und Creditbank*. Dort lernte sie ihren Ehemann, den ungarischen Holocaust-Überlebenden und Résistance-Kämpfer Adolf Steindling kennen. 1966 verließ sie das Bankhaus und begann ihren Aufstieg im Firmenimperium der Kommunistischen Partei Österreichs. Schließlich wurde sie Geschäftsführerin der Novum GmbH. Das war die Firma, über die die DDR Außenhandelsbeziehungen in den Westen unterhielt. Das hieß auf gut deutsch, dass sie Waren am Wirtschaftsembargo westlicher Staaten vorbei besorgte. Später war sie für die Beschaffung westlicher Devisen verantwortlich. Auf einige Konten der Novum hatte nur die DDR Zugriff. Ein Großteil der Novum-Erlöse floss in die Staatskasse der DDR oder diente zur Finanzierung von Spionageoperationen des Ministeriums für Staatssicherheit.

1978 übernahm Steindling treuhänderisch die Hälfte der Anteile an der Firma und 1983 sämtliche Geschäftsanteile. Sie verfügte zur Wende über ein geschätztes Vermögen von rund einer halben Milliarde DM auf Konten in Österreich und der Schweiz.

Nach der Wende gingen dann die Prozesse los. Doch noch vor der endgültigen juristischen Klärung hob Steindling rund die Hälfte des Guthabens von den Novum-Konten ab. Der weitere Verbleib wurde nie geklärt. Stell dir vor: Die Hälfte von einer halben Milliarde. Unglaublich.«

Ich hatte damals mitbekommen, dass bei der Treuhand nicht alles korrekt verlaufen war. Als angehender Literaturstudent interessierte mich die Sache aber wenig.

»Wie konnte das passieren?«

»Schlamperei!« Krollzig stieß nur dieses eine Wort aus.

Als ich schwieg, fuhr er fort: »Eine unglaubliche Schlamperei machte es in der Wendezeit DDR-Funktionären, cleveren Gaunern und früheren Stasileuten leicht, Staatsgelder beiseite zu schaffen. Desinteresse, Kompetenzwirrwarr und fehlende Manpower verhindern bis heute, dieses Geld wieder herbeizuschaffen. Zivilrechtliche Ansprüche verjährten, Beweismittel wurden nicht gesichert, Spuren vernichtet. Das hat den Bund Millionen gekostet. - Ob's hier einen *Stoni* gibt?«

Er winkte der Serviererin. Natürlich gab es einen.

»Trinkste mit?« Ich blieb beim Weißwein.

»Du machst dir keinen Begriff, wie viel Korruption damals ihren Anfang nahm. Und keiner hat aufgepasst. Beispiel gefällig? Die zweistellige Milliardensumme, die die Regierung Kohl dem Kreml zum Bau von Wohnungen für abziehende Rotarmisten überwiesen hatte, ist wohl überall gelandet – nur nicht im Wohnungsbau. Am Ende freute sich auch ein Sowjetgeneral. Er hatte vor der Einheit ein karges Offizierssalär – und später 25 Millionen Dollar. Das viele Geld der ehemaligen Parteiorganisationen, das rund um den DDR-Kollaps in dunkle Kanäle versickerte - große Teile sind bis heute verschwunden.«

Der *Stoni* kam gerade rechtzeitig. Er kippte ihn runter.

»Noch eine Story:«

Die Serviererin verstand wohl *Stoni*, nickte und ging.

»Du hast doch sicher schon von Schalck-Golodkowski gehört?«

»Der Devisenbeschaffer der DDR. Klar.«

»Der hat nicht nur Devisen, sondern alles beschafft, was in der DDR damals gut und teuer war. ›Kommerzielle Koordinierung‹ nannte man das. Abgekürzt KoKo.«

»Hat der nicht auch mit Strauß -?«

»Genau. Strauß hat mit ihm den Millionenkredit eingefädelt, der die DDR-Diktatur noch fünf Jahre länger leben ließ. Und jetzt kommt's: Nach glaubwürdigen Aussagen von Insidern war am Tag der Wende ein Goldschatz von mehr als 21 Tonnen in der KoKo-Zentrale gebunkert. Davon ist nie mehr etwas aufgetaucht. Die deutschen Behörden, die sich darum kümmern sollten, zweifelten einfach die Existenz einer solchen Menge an einem solch unsicheren Ort an. Dabei hat Schalk selbst in seinen ›Deutsch-deutsche Erinnerungen‹ die Existenz einer märchenhaften Goldreserve im Keller seines Dienstgebäudes in Berlin bestätigt. Jetzt bist du dran.«

»Und du meinst, dass ein Teil davon bei Peter Weiss gelandet ist?«

»Na, mindestens ein Teilchen. Stasivergangenheit, untergetaucht, plötzlich en Goldschatz – det passt doch!«

»Was soll meine Mandantin jetzt machen?«

»Na, erstmal gar nischt. Die achtzigtausend sind doch Peanuts. Find du mal den Mörder – det kostet doch och.«

»Ich werde ihr jedenfalls von deiner Geschichte erzählen.«

Wie viele Gläser wir noch getrunken haben, erzähle ich nicht.

München, 28. August 2017

Bereits in der Früh rief Carolina an. Sie kündigte eine Mail an. Mit der Liste der deutschen Camper, die am Mordtag abgefahren waren.

»Es sind nicht viele. Aber überall aus Deutschland. Sie werden sehen.«

»Ich wollte schon immer mal Deutschland kennenlernen. Danke. Auch an die kroatische Polizei.«

»Ach, die sind sicher froh, dass Sie ihnen die Arbeit abnehmen. Hoffentlich finden Sie den Täter. Es gibt nämlich noch 29 andere Deutsche, die zu dieser Zeit auf dem Platz gemeldet waren. Aber meistens junge Familien mit Kindern oder junge Pärchen. Adressen kann ich besorgen.«

»Danke. Mir reicht es für den Anfang. Mal sehen, was sich ergibt.«

Ich erzählte ihr dann von Krollzigs Vermutung über die Herkunft der Goldbarren. Sie schwieg.

»Sind Sie noch dran?«

»Ja. Ich überlege. Dass es nicht ganz sauber ist, war mir klar. Wie sollte mein Vater legal an soviel Geld kommen? Aber zurückgeben? Wem? Ich bin da ganz - wie sagt man *pragmatičan*?«

»Pragmatisch.«

»Genau. Die Hände, aus denen es kam, waren auch nicht sauber. So denken mein Freund und ich auch. Erst mal suchen wir damit den Mörder.«

»Und wenn etwas übrig bleibt, werde ich sozial etwas organisieren. Sagt man so?«

»Jedenfalls versteht man Sie.«

Wir sprachen dann noch über die schrecklichen Attentate in Barcelona und Charlottesville, über das Wetter und die Auswirkungen auf den Tourismus. Nachdem wir beendet hatten, druckte ich mir die Liste aus. Auf offiziellem Polizei-bogen mit dem Stempel INTERN standen zehn Namen.

Das war überschaubar und bestimmt lösbar. Adresse und Telefonnummer habe ich hier geschwärzt:

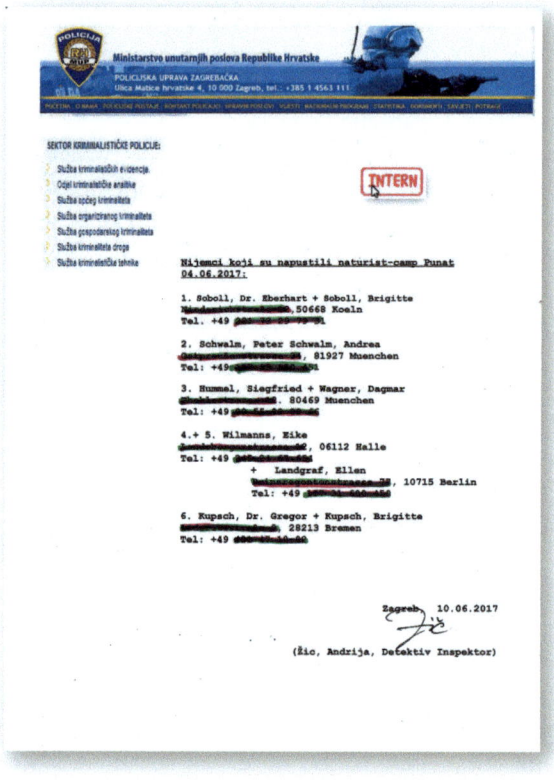

Dr. Eberhart Soboll und Frau Brigitte in 28209 Bremen, Wolfgang Schmall in 81929 Muenchen, Siegfried Hummel und Dagmar Wagner in 80469 Muenchen, Eike Wilmanns in 06112 Halle und Ellen Landgraf in 10715 Berlin, Dr. Gregor und Heidelinde Kupsch in 35392 Giessen.

Das ging ja wirklich quer durch Deutschland. Aber, was soll's. Ich beschloss, sie in dieser Reihenfolge zu erledigen. Nur die Münchner wollte ich zum Schluss besuchen. In Bayern waren ja noch die Sommerferien.

Bremen, 4. September 2017

Ich war pünktlich gelandet zum Termin bei Eberhart Soboll, Oberstudienrat Dr. phil. in Bremen. Der volle Titel stand auf dem Briefkasten.

»Wenn Sie mit dem Flieger kommen, müssen Sie quer durch die Stadt. Nehmen Sie auf alle Fälle einen Mietwagen mit Navi«, hatte er am Telefon gesagt. Ich hatte seinen Rat befolgt und war pünktlich in der Beethovenstraße angekommen.

Vor dem Haus stand ein Wohnmobil älterer Bauart. Also vermutlich ein Profi-Camper, der nicht wegen Blacky in Kroatien war. Oder hat er ihn zufällig dort getroffen und wiedererkannt? Oder reiste er seit Jahren über Campingplätze, weil er von Blackys Vorliebe wusste?. Vorsicht mit schnellen Schlüssen nahm ich mich an die Kandare.

Es öffnete ein großer, kräftiger Mann.

Jetzt erinnere ich mich, ihn auf dem Campingplatz gesehen zu haben. In seiner ganzen Nacktheit hatte er etwas Wuchtiges. Wie ein Albatros breitete er die Arme aus und warf sich ins Meer, um dann mit kräftigen Zügen die gegenüber liegende Insel anzusteuern.

Dick kann man nicht sagen, aber auf jeder Rippe ein Pfund festes Fleisch, ein auffallend große Nase. Als Schüler hätten wir ihn vielleicht Nasenbär genannt. Doch so gemütlich war er wahrscheinlich nicht. Also Nashorn.

Randlose Brille, grauer Haarkranz, helle Cordhose, Jeans und blaues Polohemd - mit grünem Krokodil..

Nach einem kräftigen Händedruck bat er mich ins Arbeitszimmer.

»Tee oder Kaffee?«

»Tee wäre prima.«

Er ging noch einmal zur Tür und rief: »Gitte, würdest du uns Tee bringen. Bitte!«

Er setzte sich hinter seinen Schreibtisch und bat mich, gegenüber Platz zu nehmen.

Überall Bücher. An Wänden und über der Tür waren Regale. Bis zur Decke bestückt. Auch auf dem Schreibtisch ein kleiner Stoß. Ich erkannte den neuen Roman von Kehlmann und, mir völlig unbekannt: *Im Frühling sterben* von Ralf Rothmann.

Erst jetzt sah ich neben ihm einen Zeitungsständer, darin die ZEIT und die taz.

Es war voreilig, aber trotz aller Vorsicht - in Gedanken hatte ich ihn als Verdächtigten schon ausgeschieden. Ich konnte mir einfach nicht vorstellen, dass ein Leser linksliberaler Medien einen schnöden Rachemord inszeniert.

»Sie haben das Wort!«, eröffnete er.

»Darf ich raten? Deutsch und Philosophie?«

Er nahm die Brille ab und lächelte: »Heiteres Beruferaten oder was? Aber richtig. Nur der Ordnung halber: Sozialwissenschaften kommt – oder kommen noch dazu.«

»Ich muss zugeben, dass es mir schwerfällt, Sie ernsthaft zu verdächtigen. In diesem Ambiente kann man sich schwer einen Kriminellen vorstellen.«

»Danke«, kam es trocken. »Am Telefon sprachen Sie von Mord?«

»Am Tag ihrer Abreise von Krk wurde auf dem Campingplatz ein Mann ermordet. Das passt schlecht zu einem linksliberalen Deutschlehrer.«

»Ein Gefangenenseelsorger hat mir einmal folgende Weisheit vermittelt: Jeder von uns ist fähig, einen anderen zu töten. Aber ich doch nicht – haben die Täter auch einmal gedacht.«

»Und? - Denken Sie so? Dass jeder fähig ist …?«

»Wenn Sie mir ein Motiv geben.«

»Oh, bei Shakespeare heißt es einmal: Mord ist der Wollust nah wie Rauch dem Feuer.«

»Halten Sie mich für wollüstig?«

In diesem Moment kam seine Frau mit dem Tee. Zum Glück trug sie das Tablett mit zwei Händen. So konnte sie es gerade noch zum Tisch balancieren und geräuschvoll abstellen. Sie blickte mich tadelnd an. Doch ihr Mann sprang mir zur Seite:

»Entschuldige Gitte, aber es geht hier um Shakespeare.«

Sie sagte nur »Ach so – ich dachte schon - aber ich wollte nicht stören« und verschwand.

Er wandte sich wieder an mich: »Jetzt muss ich aber fragen: Wie kommt ein Polizist zu Shakespeare?«

»Ganz einfach: Ich bin gar kein Polizist mehr.« Ich hob meine Prothese. »Zweitens: war ich im Leben davor Literaturstudent. Mein Name ist schuld, dass ich einmal eine Seminararbeit über *das Musikalische im Aufbau Proust'scher Prosa* schreiben musste. »Wer Ur-Bach heißt«, meinte mein Professor damals, »findet vielleicht bei Proust die Kunst der Fuge wieder. Ich hatte Sie damals nicht gefunden.«

Ich registrierte, dass er fast aufspringen wollte, um vielleicht aus seinen Bücherregalen einen Band von Proust zu holen. Er bezwang sich und sagte nur.

»Sehr ungewöhnlich. Die Kunst der Fuge bei Proust – ich habe da einen Schüler, der -.«

Bevor er abdriften konnte, hakte ich ein: »Zurück also zur Wollust. Ja, ich könnte Sie für wollüstig halten. Sie kampieren schließlich als reifer Mann auf FKK-Plätzen. Nur, weil ich selbst dieser Leidenschaft fröne, kann ich das einordnen.«

»Na, prima. Ich bin 1960 in der DDR geboren. Meine Schulferien verlebten wir stets auf FKK-Plätzen. Das Regime hat das gefördert. Nirgendwo konnte doch der Sozialismus deutlicher zeigen, dass alle gleich sind. Das hörte dann nach den Ferien wieder auf. Ich bin mit 18 abgehauen. Hier im Westen war vieles anders. Aber schwimmen ohne Badehose erhielt ich mir als angenehmes Lebensgefühl.«

»Wie gesagt, das kann ich nachempfinden. Besonders im Meer.«

»Als Lehrer kann ich auch Tucholsky bestätigen: Ein Podium ist eine unbarmherzige Sache – da steht der Mensch nackter als im Sonnenbad.«

»Das wenigstens blieb mir erspart.«

»Warum haben Sie ihr Studium abgebrochen?«

»Mein Vater war Polizist. Wurde bei einer Routinekontrolle erschossen. Noch auf der Beerdigung hat sein Chef mich überredet, zu ihnen zu kommen. Sie haben mir dann die ganze Ausbildung finanziert. Ich machte eine gute Karriere und war bereit für die höhere Laufbahn - bis ich einmal eine Handgranate aus dem Fenster halten musste, um Tode zu vermeiden. Danach sollte ich reine Verwaltungsaufgaben übernehmen. Das lehnte ich ab.«

»Verstehe. Es geht mich zwar nichts an, aber kann man denn als Privatdetektiv einigermaßen leben?«

Ich musste lachen. »Also, als Beamter war es leichter. Aber bisher hatte ich viel Glück mit Aufträgen. Auch dieser hier ist sehr interessant. Und bringt sogar Geld. Warum zum Beispiel sind Sie just am Pfingstsonntag in Krk abgefahren?«

»Weil am Dienstag drauf in Bremen die Pfingstferien zu Ende waren.«

»Leuchtet ein. Das sind einige Kilometer.«

»Fast exakt 1500.«

Jetzt wurde unser Dialog zur Komödie:

»Kennen Sie einen Blacky?«

»Ja.«

»Ja?«

»Sogar zwei.«

»Nämlich?«

»Kevin Solgar in der zehnten Klasse wird so genannt. Der Vater kommt aus Haiti. Sehr begabter Junge. Er fühlt sich auch nicht diskriminiert durch den Spitznamen.«

Schweigen.

»Und der zweite?«

»Wie?«

»Sie kennen zwei Blackys.«

»Kennen ist zu viel gesagt. Ich weiß nur, dass Joachim Fuchsberger – in meiner Jugend ein Fernsehstar, so genannt wurde.«

»Kennen Sie einen Peter Weiss?«

»Ja. Das heißt, ich kenne einige seiner Stücke. Waren zu ihrer Zeit oft Thema im Deutschabitur: *Die Ermittlung, Der Gesang vom lusitanischen Popanz, Die Verfolgung und Ermordung Jean Paul Marats - «*

Ich unterbrach: » *– dargestellt durch die Schauspielgruppe des Hospizes zu Charenton unter Anleitung des Herrn de Sade.* Alles tolle Stücke, wir müssen sie aber nicht alle aufzählen. Auch Prosa hat er reichlich hinterlassen.«

»O, ich vergaß: Literaturstudent.«

»Und sonst kein Peter Weiss in Ihrem großen Bekanntenkreis?«

Er sah aus, als dächte er nach.

»Unter den vielen Ehemaligen?«

»Müsste ich nachschauen. Ich habe oben ein Abiturientenverzeichnis.«

»Nicht nötig. Vielleicht hatte er ja kein Abi.«

»Was ist mit ihm?«

»Er wurde ermordet.«

»Schrecklich. Auf Krk?«

»Auf jenem Campingplatz auf Krk.«

»Haben Sie ein Foto? Vielleicht habe ich ihn gesehen.«

»Bedaure. Kein Foto. Aber ist ihnen am Tag ihrer Abreise irgendetwas aufgefallen? Ein rennender Mensch? Ein

Mensch mit einem Eimer voller Sand? Ein Schrei? Irgendetwas?«

»Nichts, was blieb. Doch: Vorm Hotel in der Stadt war ein Fahnenmeer. Auch *schwarz-rot-gold* flatterte da im Wind.«

Ich nickte: »Eine internationale Konferenz zum Thema Schleuserkriminalität.«

»Hoffentlich hat es was gebracht«, sagte er trocken. Ich stand auf. Der Tee war nicht angerührt worden. »Wenn Sie unser Gespräch meinen: Ja und nein. Ein richtiges Bild habe ich nicht von ihnen. 'Linksliberaler Bildungsbürger mit Grauzonen' werde ich mir notieren.«

Er fuhr sich durch seine spärlichen Haare.

»Grauzone trifft es gut. - Bei mir gibt es eine 'zwei plus'. Gebildeter Polizist, der nicht nur schwarz/weiß denkt!«

»Danke.«

München, 5. September 2017

Eike Wilmanns war kurz angebunden. Ich hatte seine Nummer in Halle gewählt. Kaum erfuhr er meinen Wunsch nach einem Gespräch über Krk, sagte er: »Sind Sie unter dieser Nummer zu erreichen?«

Als ich bejahte, hörte ich nur noch: »Ich rufe in der nächsten halben Stunde zurück.« Dann hatte er aufgelegt.

Kaum zwanzig Minuten später war er wieder dran. Diesmal am Handy.

»Entschuldigen Sie, aber meine Frau, wissen Sie.«

Ich wusste nicht, konnte mir aber denken.

»Es geht um den Campingplatz bei Punat. Am Tag Ihrer Abreise, also an Pfingsten, ist dort ein Mord passiert.«

Schweigen.

»Sind Sie noch dran?«

»Was habe ich damit zu tun?«

»Zunächst gar nichts. Aber ich würde gern mit Ihnen reden.«

»Es ist mir etwas unangenehm, aber meine Frau weiß nichts davon.«

»Vom Mord?«

»Dass ich überhaupt dort war. Ich meine: auf dem Campingplatz.«

»Ich treffe mich gern auf neutralem Gelände. Machen Sie einen Vorschlag.«

»Sie kämen dann aus München?«

»Sehr wahrscheinlich.«

»Da könnte ich Ihnen ein Stückchen entgegen kommen. Ich habe in der Nähe von Leipzig zu tun. Kennen Sie Lützen?«

»Nur vom Namen. Ein Schlachtfeld. Ist hier nicht Gustav Adolf gefallen?«

»Exakt. 1632. Im Schloss ist ein Museum und ein Café. Dort können wir uns treffen.«

»Wahrscheinlich leicht zu finden?«

»Am *Rippacher Kreuz* fahren Sie von der *A9* recht ab, Richtung Leipzig. Die nächste Ausfahrt ist *Lützen*.«

Wir verabredeten uns für den nächsten Freitag gegen Mittag.

»Ich mach ab 12 dort Pause.«

Interessant war, dass er von seiner Frau sprach. Auf dem Zeltplatz war er mit einer Ellen Landgraf eingetragen.

Da gibt es Fragezeichen.

>Wallensteins Stube< hieß das Café im Schloss. Ich kam kurz vor
12 dort an. Mit dem Motorrad war ich in knapp vier Stunden
durchgekommen. Die Stube selbst war auf rustikales Mittelal-
ter getrimmt. Mit viel Holz und Schmiedeeisen, aber nicht
sehr gemütlich. Zu wenig intim. Grölende Landsknechte und
schreiende Marketenderinnen konnte man sich aber vorstellen. Heute saßen hier zwei Grüppchen zu vier und fünf Personen und ein Paar. Also sicherlich nicht mein Gesprächspartner. Ich ging nach draußen in den Biergarten, der aber
eher ein Bierhof war. Für Bäume und Grünzeug war kein
Platz. Zumal der >kleinste Schlosshof Deutschlands<, wie eine
Tafel stolz verriet, kaum Sonne eingelassen hätte. Der größte
Teil war überdacht mit mächtigen Rundbögen, die von gewal-
tigen Pfeilern getragen wurden. Man konnte sich in einem
Kreuzgang fühlen.

Auch hier keine Einzelperson. Mit Ellen Landgraf wird er

ja nicht gekommen sein. Ich nahm Platz. Die Bedienung brachte eine Karte.

Ich las als Erstes unter der Überschrift: »Heiraten im kleinsten Schlosshof Deutschlands«, dass man hier seine Hochzeit ausrichten kann.

Der Text erläutert: »Um 1252 wurde hier eine Burganlage errichtet, die erst im 16. Jahrhundert durch Bischof Sigismund von Lindenau ihren Schlosscharakter erhielt. Durch die Umbauarbeiten blieb schließlich nur ein für Schlösser sehr ungewöhnlich kleiner Schlosshof übrig. Wir können somit werben, dass wir mit rund 70 Quadratmetern den kleinsten Schlosshof in ganz Deutschland haben. Maximal 150 Personen finden hier Platz.«

Ich stellte mir gerade eine solche Feier vor, als ein neuer Gast hereinkam. Etwa 5o Jahre, schwarzes Lederblouson, blaues Hemd, Jeans. Normale Größe, schlanke Taille. Das Gesicht und die Nase eher breit mit weit auseinanderstehenden Augen. Dreitagebart, aber scharf konturiert, kräftiges, dunkles Haar, bewusst verwuschelt. Gesamteindruck: Nicht unsympathisch. Er erinnerte mich ein bisschen an Robert Habeck.

Er blickte sich suchend um. Ich hob die Hand. »Suchen Sie mich?«

Er kam auf mich zu: »Herr Urbach!«

Wir gaben uns die Hand.

»Nach der Lederkluft zu schließen, gehört die Maschine draußen Ihnen?«

»Man kommt schneller voran. Ich war in dreieinhalb Stunden hier.«

»War doch leicht zu finden? Oder?«

»Ganz einfach. Danke. Nettes Plätzchen. Wie kamen Sie drauf?«

»Ich bin beruflich oft in der Gegend. Da braucht man solche Ruhepunkte.«

Die Bedienung unterbrach uns. Ich bestellte ein *Erdinger, alkoholfrei!*

»Wir haben nur *Schneider Weisse!*«

»Auch gut.«

Mein Gegenüber wollte das gleiche.

Ich nahm den Faden wieder auf: »Was machen Sie zwischen den Ruhepausen?«

»Ich bin Fachmann für Renaturierungsmaßnahmen.«.

Auf meinen fragenden Blick kam er ins Reden: »Das hier rundum war das mitteldeutsche Braunkohlerevier. Schon seit Jahrhunderten. Überall waren tiefe Tagebaugruben entstanden, die jetzt wieder bewusst geflutet und der Natur zurückgegeben werden. Renaturiert eben. Aber nach Plan.«

Plötzlich begann er zu dozieren. Es klang ganz leicht sächsisch: »Wir wollen der Landschaft eine natürliche, ungestörte Weiterentwicklung ermöglichen. Mit dem Ziel, dass die Systeme in einen pseudonatürlichen oder natürlichen Zustand versetzt werden. Hier entsteht das Leipziger Neuseenland. Mit Badeseen, Surf- und Segelrevieren, welche das touristisch vergleichsweise wenig attraktive Umland Leipzigs aufwerten.«

»Klingt sehr interessant und sehr umweltfreundlich. Wie wird man so etwas?«

»Ich bin hier aufgewachsen. Also mehr in der Hallenser Gegend. Mein Vater war Geologe im Helmstedter Braunkohlerevier, das zum Teil in der damaligen DDR lag. Sie wurde im Kraftwerk Harbke, direkt vor Ort, verstromt. Der Westen baute gegenüber das Kraftwerk Schöningen. Mein Vater hatte ständig Westkontakte, weil die Grenze natürlich keine Rücksicht auf die unterirdischen Flöze nahm. Da musste immer wieder verhandelt werden. Er kannte auch alle vollgelaufenen Gruben und zeigte uns Kindern versteckte Badeplätze.«

»Sie sind also mit renaturierten Baggerseen groß geworden?«

»Kann man so sagen. Allerdings wurden die Seen erst viel später renaturiert. Zur Wende sollte ich grade zur Volksarmee. Zum Glück kam es nicht mehr dazu. Stattdessen machte ich Abi nach und ging dann in Halle zur Uni und ließ mich beraten. So kam's.«

Er lachte: »Offensichtlich wollte ich die Löcher, die mein Vater buddeln ließ, wieder stopfen.«

Ich nickte zustimmend.

»Sieht das ihr Vater auch so?«

»Er ist längst tot.«

Er schwieg.

Immerhin gab es hier einmal eine lose Verbindung zur Stasi und zur DDR. Die musste der Ermordete ja gehabt haben. Ich wechselte das Thema: »Haben Sie je einen Menschen kennengelernt, der Blacky genannt wurde?«

Er stutzte. »Wie kommen Sie jetzt darauf?«

»Der Tote auf Krk wurde offenbar so genannt.«

»Sie sprachen am Telefon von Mord?«

»Er wurde ermordet. Und weil er Deutscher war, fragen wir zunächst alle Deutsche. Besonders die, die am Mordtag abgefahren sind.«

»Ich bin abgefahren, weil mein Tauchlehrerkurs beendet war. Auf Krk kann man in einer Woche sehr preiswert und unter besten Wetter-Bedingungen den Schein machen. Der Kurs läuft von Samstag zu Samstag.«

»Wollen Sie hier in den Grubenlöchern tauchen?«

»Da gibt es sicher Spannenderes. Nein, zur Sicherheit. Wenn hier ein Netz von Badeseen entstanden ist, muss eine gut ausgebildete Gruppe Rettungsschwimmer bereitstehen. Wir arbeiten eng mit der DLRG zusammen.«

»Warum wusste ihre Frau nichts davon?«

»Sie wusste es. Nur nicht vom Campingplatz. Offiziell wohnte ich im Hotel. Ellen habe ich am ersten Kurstag kennengelernt. Sie kam am Abend einfach mit auf den Campingplatz - und so blieb es.«

»Verstehe.« Ich fragte nicht nach dem heutigen Stand der Verhältnisse. »Ist Ihnen irgendetwas aufgefallen? Ein Streit, ein Mensch mit Eimer?«

Er zuckte die Schultern: »Also eigentlich war ich nur nachts da draußen. Und am Tag der Abreise war ich mit Abbauen beschäftigt.«

»Kann ich mit Frau Landgraf sprechen?«

»Sie wohnt in Berlin. Ich kann Ihnen die Handynummer geben. Wir haben aber keinen Kontakt mehr. Sie lebt in Scheidung und will keine Unannehmlichkeiten.«

Ich notierte die Nummer – und malte dahinter ein großes Fragezeichen.

Nachdem er gegangen war, rief ich Conny in Hannover an.

Sie war noch an ihrem Arbeitsplatz. Als sie sich meldete, zitierte ich ohne Vorwarnung: »Auf die Berge will ich steigen, wo die dunkeln Tannen ragen, Bäche rauschen, Vögel singen, und die stolzen Wolken jagen…«

Nach kurzem Schweigen, hörte ich: »Die Botschaft hör ich wohl, allein mir fehlt das Wissen.«

Ich musste lachen: »Das ist ja ein halber Goethe, ich habe dich aber mit Heinrich Heine eingeladen.«

»Lass mich raten. Eine Winterreise wird es nicht sein. Harz! Ich hab´s Harzreise. Was hast du vor?«

Ich erklärte ihr, wo ich bin und dass ich in zwei Stunden an jedem Ort im Harz sein könnte.

»Lass uns ein schönes Wochenende verbringen.«

Sie überlegte kurz. »Ich ruf dich gleich zurück. Mir wurde ein kleines Hotel bei Thale empfohlen. Mal schauen, ob sie was frei haben. Ich bin jedenfalls für den Ostharz. Das war ja früher DDR. Den Westen haben wir schon als Schüler erwandert.«

»Einverstanden.«

Nach wenigen Minuten kam der Rückruf.

»Herrlich«, sagte sie. »Sie haben ein Zimmer im Kurhotel *Bad Suderode*.« Sie gab Anschrift und Telefonnummer durch. »Du musst da irgendwo bei Quedlinburg nach Süden abbiegen. Nix Aufregendes, aber gemütlich und ruhig und sogar eine Sauna im Keller. Auch das Essen schmeckt. Ich kann um drei Uhr dort sein.«

»Klingt ja prima. Vergiss deinen Helm nicht. Wir werden einen Hexentanz mit der BMW machen.«

»Juchhuh – oder wie war der Schlachtruf der Hexen?«

»Weiß ich jetzt nicht. Könnte dir Gottfried August Bürger bieten: *Und hurre hurre, hopp hopp hopp! Ging's fort in sausendem Galopp, daß Roß und Reiter schnoben, Und Kies und Funken stoben.«

»Auch gut.«

»Oder - wie wär's mit Wagners Walküren: *Hojotoho!*?«

»Ich merk schon: Das wird keine Urlaubsreise, sondern eine Bildungstour.«

Im Harz, 8. - 10. September

Nach einer heftigen Begrüßung mit anschließendem kurzem Nickerchen, beschlossen wir noch vor dem Abendessen eine Wanderung um die Teufelsmauer.

Laut Reiseführer ist das eine ›aus harten Sandsteinen der oberen Kreide bestehende Felsformation im nördlichen Harzvorland. Der markanteste Teil der Teufelsmauer befindet sich südlich von Weddersleben und zieht sich bis Warnstedt.‹

Wir waren mächtig beeindruckt – und hinterher mächtig hungrig. Verständlicherweise verschwanden wir bald nach dem Essen mit unseren Gläsern aufs Zimmer.

Am Samstag dann auf die BMW. Zunächst landeten wir an einem schwankenden Steg, der in 75 Meter Höhe als filigrane Seilkonstruktion ein Tal überspannt. Mit viel Spaß bewältigten wir die 400 Meter hin und zurück.

Von da südwärts. Auf guten Straßen durch herrliche Landschaft. Ich ließ die Maschine tanzen. Conny juchzte. Irgendwann bogen wir nach Norden ab und kamen ins *Selketal*. Hinter *Alexisbad* hatten wir das Glück, einem Dampfzug zu begegnen. Laut Führer ist ›*der romantischste Teil des Harzer Schmalspurbahnnetzes zweifellos die Selketalbahn. Rund 52 Kilometer führt sie durch eine wildwüchsige und romantische Naturlandschaft.*‹

Wir verzichteten auf eine Mitfahrt. Die zischende, dampfende Maschine war schon Erlebnis genug. Später bummelten wir durch die historische Altstadt von Quedlinburg mit ihren kopfsteingepflasterten Straßen, verwinkelten Gassen und kleinen Plätzen und den gut 2000 Fachwerkhäusern aus acht Jahrhunderten. Im Reiseführer finden Sie mehr Details. Dies ist ein Krimi. Am Sonntag Mittag trennten wir uns. Conny fuhr nach Hannover, ich nach Berlin.

Berlin, 11. September 2017

Die Prinzregentenstraße ist eine reine Wohnstraße. Zum Teil sehr schön mit Platanen gesäumt. Der nahende Herbst hatte die ersten Blätter auf die Straße geweht. Vom Prager Platz kommend, musste ich etwa einen Kilometer fahren, bis ich mein Ziel erreicht hatte. Ein Wohnblock aus den Fünfzigern, aber frisch renoviert. Alles sauber.

Die Straße war voll geparkt, für mein Motorrad fand ich drei Häuser weiter noch eine Lücke.

Die Gegensprechanlage funktionierte. Ellen Landgraf bat mich in die dritte Etage.

Auch das Treppenhaus wirkte frisch gestrichen. Der winzige Fahrstuhl hatte noch eine Innentür, die man extra schließen musste, wenn er losfahren sollte.

Sie stand in der offenen Wohnungstür: Blaue Bluse, Jeans, blaue Flip-Flops. Dennoch wirkte sie groß. Herb, schmales Gesicht, eigentlich schön geschnitten, gepflegt, schmaler Mund, misstrauischer Blick, braune Augen, schulterlanges Blondhaar. Sie konnte 5o Jahre alt sein.

Auch sie musterte mich von oben bis unten. »Jetzt muss ich doch ihren Ausweis sehen. Ein Ermittler in Lederkluft ist mir noch nicht begegnet.«

»Selbstverständlich. Sie können auch die Münchner Polizei anrufen, aber ich bin mit dem Motorrad unterwegs.«

Nach flüchtiger Ausweiskontrolle führte sie mich auf einen kleinen Balkon. Kaffee in einer Wärmekanne und eine Gebäckschale standen schon bereit.

»Solange es geht, sitze ich gern hier draußen. Durch die Bäume wird der Straßenlärm sehr gedämpft. Sie trinken sicher einen Kaffee mit?«

Ich nahm dankend an.

»Bequem sieht ihr Anzug nicht aus. Möchten Sie etwas ablegen?«

»Danke, Reißverschluss auf reicht schon. Man ist mit dem Zweirad einfach flexibler. Bei schönem Wetter ziehe ich oft die Maschine vor. Und noch haben wir ja milde Temperaturen. Gibt auch kaum Parkprobleme.«

»Die haben wir ja zu genüge. Vorm Haus habe ich schon lange nicht mehr geparkt. Und der Parkplatz für uns Mieter ist mir zu teuer.«

»Darf ich fragen, was Sie arbeiten?«

»Ich bin Schauspielerin, also hauptsächlich Synchronsprecherin. Das bringt echt *money*.«

»*And Money makes the world go around ...?*«

»Tja - die Rolle habe ich auch nie bekommen.«

»Wer hat denn Liza Minelli damals synchronisiert? Wissen Sie das?«

»In der DDR war es Angelika Waller. Sie war später meine Lehrerin auf der Schauspielschule. Es gab aber auch eine Westfassung.« Sie zuckte die Schultern.

»Sie sind aus Ostberlin?«

»Eigentlich aus der Nähe von Halberstadt. Ich bin mit 15 zu einem Jahr Arbeitslager verurteilt worden. Wegen Fluchtversuch. Die Wende kam genau richtig. Da war ich 18, konnte Schulabschluss nachholen und dann auf die Schauspielschule.«

Ich nutzte die Chance zur Überleitung: »Und jetzt lernen Sie tauchen?«

»Ja.« Mehr kam zunächst nicht.

Auch ich schwieg.

Schließlich erklärte sie: »Ich will schon ewig einmal auf die Malediven. Das ist ein Traum von mir. Und da ich gerade eine Vorabendserie abgedreht habe, kann ich mir endlich diesen Traum erfüllen.«

»Kann man in Berlin auch Tauchen lernen?«

Sie lachte: »Es gibt Tauchklubs und genügend Seen rundum. Aber gelehrt und trainiert wird im Schwimmbad. Das ist natürlich ganz anders als im Meer. Nein, die Tage auf Krk waren schon prima.«

»Mir geht es um den Campingplatz. Haben Sie am Tag ihrer Abreise irgendetwas beobachtet, das mit dem Mord in Verbindung gebracht werden könnte? Ein Mensch, der rannte? Ein Erwachsener mit Kindereimer?«

»Ach, so einen habe ich tatsächlich gesehen. Ich fand's nicht ungewöhnlich. War halt ein Papi auf dem Weg zum Strand. Warum sollte er nicht –"

»Zum Strand oder weg?«

Sie überlegte: »Nein, eindeutig hin zum – ich war auf dem Weg zur Dusche.«

Ich legte ihr den Platzplan vor: »Herr Wilmanns hat diesen Platz gekennzeichnet. Ist das richtig?«

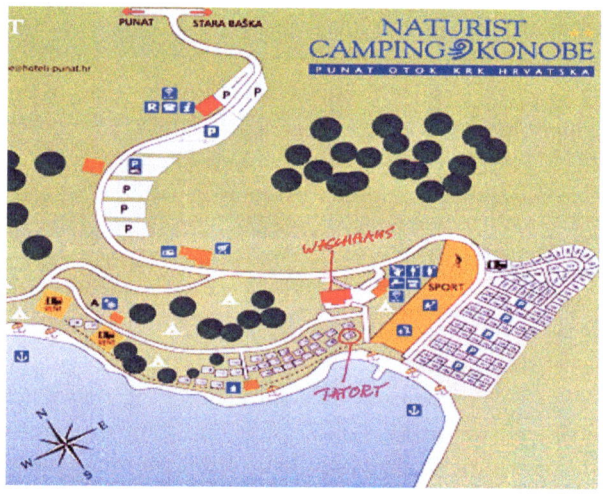

74

Sie fuhr mit dem Finger über das Blatt. »Hier ist der Waschraum. Nein, stimmt gar nicht. Das ist das Restaurant. Das Waschhaus ist hier, das Gelbe. Da runter gehts zum Strand, – ja, so stimmt es.«

»Und wo trafen Sie den Mann?«

Ihre Augen wurden schmale Schlitze. Sie schien gekränkt. »Also, das ist jetzt ein bisschen übertrieben. Ist ja Monate her. Hätten Sie nicht gefragt, wäre mir die Geschichte gar nicht eingefallen.«

»Verzeihung. Ich will nicht penetrant sein, aber es geht ja leider um Mord.«

»Okay.«

»Wusste ihr Ex von der Kroatienreise?«

Jetzt war sie verblüfft. »Mein Ex?«

»Herr Wilmanns meinte, Sie leben in Scheidung.«

»Eike? Ach. Ja – nein. Also, er wusste es nicht. Muss er auch nicht. Wir leben schon lange getrennt.« Irgendetwas hatte sie verwirrt.

»Nach ihrer Vita müssen ja Vopos und Stasileute Hassge-fühle bei ihnen auslösen?«

»Ach das war einmal.«

»Der Tote auf dem Campingplatz hatte Stasiverbindun-gen.«

Sie zuckte nur die Schultern.

»Man nannte ihn Blacky. Ist ihnen jemals der Name begeg-net?«

Sie lächelte spöttisch: »Sie meinen, ob mir ein Mensch mit diesem Namen begegnet ist?«

»Oder sogar: ein Mensch mit dem Namen Peter Weiss?«

»Peter Weiss. Das war doch ein Dichter..«

»Auch, ja.« Ich wurde etwas ungeduldig.

»Andere Weissens – sagt man so? - kenne ich nicht.«

Sie schien Spaß an dieser Form von Dialog zu haben.

»Noch einmal zu dem Mann mit Eimerchen. Sie dachten

an einen Papi. War es ein besonders junger oder ein besonders alter Papi?«

»Bei einem alten Papi wäre mir ja wohl Opi eingefallen.«

»Ein Punkt für Sie. Also jünger.«

»Also unauffällig!«

»Viele laufen ja auf dem Platz mit T-Shirt herum. Hatte er so etwas an?«

»Er war nackt, wie Gott ihn schuf.«

Jetzt war ich dran: »Erschaffen hat, wäre richtiger. Das Perfekt wird für Sachverhalte verwandt, die in der Vergangenheit abgeschlossen wurden, deren Ergebnis oder Folge aber noch relevant sind, sagt der DUDEN:«

»Danke. Sie hätten Lehrer werden sollen.«

»Ich war auf dem besten Weg, ging dann aber doch zur Polizei.«

»Ich dachte, wer nichts wird, wird Wirt.«

»Hätte mir sicher auch Spaß gemacht. Wie ihnen das synchronisieren.«

»Mir macht es überhaupt keinen Spaß, sich hier anzufetzen.«

»Wie man in den Wald ruft... . Altes deutsches Sprichwort.«

»Haben die Amis auch: *what goes around, comes around.*«

Ich gab auf: »Müssen wir so weitermachen?«

»Entschuldigung. Ich wollte gar nicht so aggressiv sein. Habe den ganzen Vormittag eine schreckliche Rolle synchronisiert. Da musste ich ständig die Krallen ausfahren. Ich brauch immer meine Zeit, um da runterzukommen.«

»Heute, am Sonntag im Studio?«

»Das Projekt war durch Krankheit sehr in Verzug geraten. Jetzt ist es geschafft.«

Ich stand auf. »Ist schon in Ordnung. Ich lass ihnen meine Karte da, falls ihnen noch etwas einfällt. Kann ja sein. Wir wissen bisher sehr wenig.. Da hilft jede Kleinigkeit.«

Wir gingen zur Tür.

»Ich werde daran denken. Tschüs, Herr Urbach.«

Der Fahrstuhl kam.

»Tschüs, Frau Landgraf. Vielen Dank.«

Puh. Ich nahm die Stadtautobahn und raste dann die AVUS runter. In Zehlendorf war mein Gemüt wieder auf Normalzustand.

Jetzt noch nach München? Dazu hatte ich wirklich keine Lust mehr. Am Wannsee suchte ich mir ein Hotel. um zu übernachten.

München, 19. September

Ich war kaum in meinem Büro, als Trauditante anrief. Eigentlich hieß sie Gertraud Schleicher-Bornstedt. Für uns Kinder nur die Trauditante.

Sie war eine enge Freundin meiner Mutter und eine sehr entfernte Verwandte von Kurt von Schleicher, dem letzten Reichskanzler der Weimarer Republik. Das heißt: Eigentlich waren die Männer befreundet. Er war auch Polizist. Nach dem Tod meines Vaters schlossen sich die Frauen zusammen. Seit drei Jahren war auch sie Witwe. Das hinderte sie nicht, ab und zu selbst Polizei zu spielen. So auch heute.

»Larry, hier ist deine Trauditante. Du musst mir helfen. Hast du eine Stunde Zeit?«

»Für dich immer.«

»Gut. Hast du deine *SIG Sauer* noch?« Es wurde immer kurioser. SIG Sauer war meine Pistole.

»Klar.«

»Bring sie mit! Unbedingt. Du wirst sie wahrscheinlich brauchen.«

»Bitte, Trauditante. Sag erst mal, um was es geht?«

»Ach so. Natürlich. Also: Ich bekam eben einen Anruf. Angeblich von einem Freund meines Neffen. Also meines richtigen Neffen. Du kennst ihn: Phillip. Der habe einen Unfall mit hohem Sachschaden und müsste 37.000 Euro Kaution hinterlegen. Sonst käme er nicht frei. Ich wusste sofort, dass es ein Betrüger war, denn Phillip liegt seit drei Tagen im Krankenhaus. Ich ließ mir aber nichts anmerken und fragte ganz aufgeregt, ob ihm etwas passiert sei, ob's ihm gut gehe und dass ich das Geld nicht zuhause hätte. Ich müsste erst zu meiner Bank, die *Münchner Bank* am Stiglmaierplatz. Gleich neben dem *Löwenbräu*! Ich sagte das bewusst so deutlich. Er solle in einer Stunde wieder anrufen. Um ihn ganz sicher zu machen, fragte ich noch, ob ich das Geld auch zurückbekäme. ‚Bei meiner Ehre‘ sagte er.« Sie lachte. »Bei seiner Ehre! Ist das nicht komisch?«

»Unbedingt. Aber nicht komisch ist, dass du dich in große Gefahr begeben hast. Das ist ganz und gar nicht komisch.«

»Deshalb brauche ich dich ja. Du sollst mich unauffällig begleiten. Am besten ohne deine Prothese. Ein Einarmiger wird nicht als Bodyguard erkannt.«

»Hervorragend. Ich soll zuschauen, wie man dich überfällt …«

»Und dann deine Pistole ziehen und den Kerl zur Aufgabe zwingen. Das hast du doch nicht verlernt? Ich zieh mein Handy und ruf die richtige Polizei. Ist das nicht herrlich? Wir schnappen ihn. Du darfst dich nur nicht vorher verdächtig machen. Ruf mich an, wenn du unten angekommen bist. Am besten, du wartest bei der Staatsanwaltschaft gleich gegenüber, bis ich aus dem Haus komme. Da fällt niemand auf, der wartet. Dann folgst du mir unauffällig.«

Keine Chance. Sie war voll in der Rolle von Agatha Christie´s Miss Marple. Ich musste auf diesen verwegenen Plan eingehen.

Zur Sicherheit rief ich aber noch Bandmann an. Er wusste um Tante Gertrauds Einfälle und war nicht überrascht. Wir verabredeten, dass er eine Zivilstreife vorbeischickt, die unauffällig die Szene beobachtet. Ich sollte als scheinbarer Tourist mit dem Smartphone in der Hand gehen. Daran würden sie mich erkennen und mit mir Kontakt aufnehmen. Ich gab noch einmal die Adresse von Trauditante in der *Linprunstraße* und meine Nummer durch. Dann musste ich los.

Ich fuhr zwei Stationen mit der U-Bahn. Am Stiglmaierplatz rief ich Traudi an und sagte, dass ich ihr über die Sandstraße entgegen käme. Sie wollte sofort losgehen.

Als ich an ihrer Bank vorbeikam, studierte ein junger Mann die Immobilienangebote im Fenster. Er trug Jeans und eine auffällige Motorrad-Lederjacke. An den Ärmel stand groß die Marke *Dainese*. Also gewöhnliche Straßenräuber können sich so eine Jacke nicht leisten. Ich hatte ihn dennoch in Verdacht. 37.000 sind ja auch kein gewöhnlicher Straßenraub.

Ich ging ruhig weiter, schaute in mein Smartphone wie ein Tourist, der sich informiert und registrierte nebenbei, dass kurz vor der Sandstraße eine Moto *Guzzi V85* auf dem Parkstreifen stand. Ein echter Hingucker. Doch ich beherrschte mich. Jedenfalls war die Maschine auch nichts für gewöhnliche Straßenräuber – sollten sie zusammen gehören? Bevor ich in die Sandstraße einbog, schaute ich noch einmal zurück. Der Typ studierte immer noch die Immobilien. Auf das Einbiegen habe ich aber dann verzichtet, denn hinten kam mir Trauditante schon mit schnellen kleinen Schritten entgegen – gefolgt von einem Mann in Motorradkluft. Sie war wirklich aufgemacht wie Miss Marple: Grauer capeartiger Umhang, schwarzer Topfhut, hellbraune Umhängetasche und Stockschirm.

Ich blieb stehen und tat so, als ob ich mich auf meinem Smartphone orientieren müsste. Die Tante schritt wortlos an mir vorbei, hob aber den Schirm als Gruß für einen Moment etwas höher. Ihr Verfolger musterte mich kurz, schien aber keinerlei Verdacht zu haben. Ein Armamputierter, der sich orientiert. Kaum waren sie vorbei, meldete sich die Zivilstreife. Sie seien jetzt in der *Linprunstraße*. Ich dirigierte sie in die Nymphenburger. Sie sollten möglichst zwischen Löwenbräu und der Bank parken – und ein Auge auf das verdächtige Motorrad haben, das etwa zwanzig Meter vor der Einmündung parkte. Auch die Tante beschrieb ich, was ein Schmunzeln hervorrief. »Scheint ja die klassische Detektivin zu sein!«

Ich konnte es nur bejahen.

Als ich mich umschaute, stand der Verfolger am Motorrad und beobachtete, wie die Trauditante in der Bank verschwand. Der Immobilienfreund lungerte immer noch am Aushang. Vor mir bog ein grauer Golf aus der Sandstraße nach links in die Nymphenburger. Der Fahrer zeigte mir mit seiner Linken ein V-Zeichen. Es waren die Kollegen von der Zivilstreife. Ich beobachtete, wie sie am Stiglmaierplatz wendeten und dann wieder auf mich zu kamen. Kurz vor der Bank konnten sie einparken. Ich beschloss, auch langsam zurück zur Bank zu gehen.

Der ,Gangster' – das war er für mich schon – saß jetzt bereits startklar auf der Maschine. Den Angriff auf die Tante sollte wohl der Immobilienfreund ausführen. Ich musterte interessiert sein Gefährt und sagte kumpelhaft: »Geiles Geschoss!«

Er blickte nervös zur Bank und murmelte nur: »Jedenfalls nichts für Krüppel.«

»Schon klar«, gab ich zurück und bummelte weiter wie ein Tourist.

Und dann ging es Schlag auf Schlag: Im wahrsten Sinn des Wortes.

Trauditante kam aus der Bank: Der Immobilienfreund ging auf sie zu und wollte ihr die Handtasche entreißen. Sie schrie: »Hilfe. Räuber!« Dann gab sie die Tasche frei. Ich steckte mein Smartphone weg, doch bevor ich loslaufen konnte, bekam ich einen Schlag auf den Hinterkopf. Ich fuhr herum und zog meine Pistole. Das beeindruckte meinen Gegner. Er ließ die Arme sinken, um die Situation zu checken. Von hinten kam jetzt der Kerl mit der Geldtasche und rief »Abhauen!«

Fast gleichzeitig mit ihnen kamen die Kollegen neben dem Motorrad an. Sie hatten Blaulicht gesetzt und klemmten das Krad so ein, dass es nicht starten konnte. Beide sprangen mit gezückter Pistole heraus. Einer rief: »Hände hoch. Polizei!«

Die Räuber blieben stehen. Einer der Polizisten rief per Funk nach einem größeren Wagen zum Abtransport zweier Verdächtiger. Der andere gab mir seine Handschellen und bat mich, sie einem der Räuber anzulegen. Jetzt war auch Trauditante angekommen. Sie strahlte über das ganze Gesicht:

»Gut gemacht, Jungs. So habe ich mir das vorgestellt.«

Sie hob ihre Tasche auf und zeigte uns zwei dick zusammen gefaltete Exemplare der *Süddeutschen Zeitung*.

»Der Bankbeamte war klasse. Er hat sofort verstanden und mir Altpapier statt Euro eingepackt.»

Mein Gott, solche Rentner lob ich mir« seufzte der Kollege. Inzwischen kam auch die Verstärkung und nahm die beiden Räuber in Empfang. Ein Abschleppdienst sollte das Motorrad sicherstellen.

Tantchen wollte uns alle unbedingt in den Löwenbräu-Biergarten einladen. »Jetzat a Brotzeit. Des is scho recht.« Doch die Beamten mussten leider ablehnen. Ich konnte ihr nicht entrinnen, doch ich tat es gut gelaunt.

Gießen, 22. September 2017

Die Stadt stand als letztes auf meiner Agenda. Trotz flotter Fahrt, brauchte ich fast fünf Stunden. Hinter Friedberg führte mich das Navi für zwölf Kilometer abseits der Autobahn.

Ich genoss sogar die plötzliche Entschleunigung. Von links grüßten die beiden mächtigen Türme der Burg Münzenberg. Sie gilt als eine der bedeutendsten Burganlagen Deutschlands. Das habe ich aber erst nach meiner Rückkehr gelernt.

Ich war noch nie in Gießen. Irgendwie war ich immer an der Stadt vorbeigefahren. Die umgebenden oder umfahrenden Autobahnen waren etwas verwirrend und schienen uns Autofahrer möglichst von der Stadt fernzuhalten. Ohne Navi hätte ich sicher Probleme bekommen.

Dr. Kupsch wohnte in einer besseren Gegend. Viele Einfamilienhäuser, viele Vorgärten. Wahrscheinlich altes Univiertel.

Es öffnete eine sportlich-schlanke Dame mit einem freundlichen Lächeln. Gepflegt, noch sehr glatte Haut, dunkle Augen, die aschblonden Haare zu einem Pferdeschwanz gebunden. Alter schwer zu schätzen. Sie konnte zwischen fünfzig und siebzig alles sein. Ein geblümtes Sommerkleid und Flip-Flops ließen sie jedenfalls flott erscheinen.

»Sie sind der Herr aus München«, begrüßte sie mich. »Komme Se rein. Oder besser außerum. Wir könne uns ja in de Gatte setze. Mein Mann ist eh dort zugange.« Das war eindeutig hessisch und der Gatte war der Garten.

Wir gingen ums Haus.

»Gregor, der Herr aus München - wie war Ihr Name?«

»Lars Urbach.«

»Der Herr Urbach ist da.«

Dr. Kupsch saß auf einer Gartenliege und untersuchte einen Fotoapparat. So ein Sammlerstück mit dehnbarem Balg.

Er legte ihn beiseite, ließ seine Brille an einem Band über die Brust fallen, stand mühelos auf und gab mir die Hand.

»Grüß Gott, wie man bei euch sagt. Wie war die Fahrt?«

»Danke, so lala. Aber ich habe es ja noch einigermaßen pünktlich geschafft.«

Er schaute auf die Uhr. »Zwanzig Minuten Verspätung ist doch heute gar nichts. Bei diesem Verkehr.« Er sprach ohne hessische Einfärbung. »Ich habe ein alkoholfreies Weißbier da. Wäre das was für Sie?«

»Aber gern. Danke.«

»Heidelinde – würdest du?«

Sie nickte. »Du auch?«

»Ja bitte.«

»Ich nehme ein Piccolo.« Das klang richtig hochdeutsch.

Dr. Kupsch war so alt und so hager, dass ich ihn spontan von der Liste streichen wollte. Rechtzeitig fiel mir ein, dass er ja offensichtlich fit genug war, um als Camper durch die Gegend zu fahren.

Er war groß, die Haare immer noch dicht, aber als graue Bürste geschnitten. Der braune Cordanzug mit blauem Hemd und offenem Kragen, barfuß in Sandalen, ließen ihn tatsächlich unternehmungslustig wirken.

Wir setzten uns an einen Gartentisch, der mit einem Wachstuch abgedeckt war.

Er kam sofort zur Sache: »Am Telefon sprachen Sie von Mord. Wie können wir Ihnen helfen? Mord ist ja nicht so unser Metier.«

»Ich bin Privatdetektiv, also kein Polizist und habe den privaten Auftrag, den Fall zu klären. Selbstverständlich arbeite ich mit der Polizei und den Justizbehörden zusammen.« Ich schob ihm meine Karte hin. Er setzte Brille wieder auf und studierte sie.

»Klingt immer so spannend und wohl doch ein mühsames Geschäft?«

»Kann es durchaus sein. Manchmal aber auch interessant und sogar wirklich spannend.«

Während seine Frau die Getränke verteilte, erzählte ich meine Bettlergeschichte. Um die Stimmung zu lockern.

»Is nich wahr? Das is ja eine irre Story«, meinte sie.

Er bemerkte: »Also einen guten Draht zur Münchner Polizei scheinen Sie ja wirklich zu haben.«

»Ich war früher selbst Polizist:«

»Und da habe Sie den Beamtenstatus aufgegebe? Wie kann mer denn?«

Er tadelte sie leicht: »Heidelinde, bitte!«

Ich hob meine Prothese: »Ein Unfall schob mich aufs Abstellgleis. Da wollte ich nicht verharren.«

»Er untersucht jetzt den Mord auf unserem Campingplatz an Pfingsten, Schatz.«

»Ja, das Problem ist: Das Opfer lebte seit Jahren in Kroatien, ist aber gebürtiger Deutscher. Offenbar hat die Stasi ihm eine neue Identität verschafft. Außer der hinterbliebenen Tochter hat niemand – weder die Deutschen, noch die Kroaten – ein besonderes Interesse, den Fall zu klären. Deshalb hat die Tochter mich beauftragt.«

»Die Stasi steckt dahinter?«

»Hörn Se mer mit dene uff«, rief die Frau. »Mein Mann hatte selbst mit dem Verein zu tun. Gell, Gregor?«

Das war eine interessante Eröffnung.

»Nicht direkt. Jedenfalls hat die Gauckbehörde meinen Namen nicht gefunden. Insofern ….«

Auf meinen fragenden Blick erklärte er: »Ich habe in den sechzigern in Berlin studiert. Kam so in die Fluchthelferszene. Insofern bewegte ich mich im Dunstkreis der Stasi. Die

Vopos klingen mir heute noch im Ohr. Gefühlt kamen sie alle aus Sachsen. Aber, wie gesagt, erwischt haben sie mich nie. Sonst hätte ich tatsächlich mit der Stasi zu tun gehabt.«

»Das Opfer auf *Krk* hieß Weiss, Peter Weiss. Schon mal gehört den Namen?«

»Gehört schon, aber ich wüsste nicht, wo …«

Sie schüttelte nachdenklich den Kopf.

»Auf seiner Brust stand aber mit schwarzer Farbe: 'Enttarnt: BLACKY!'«

»Blacky?«

»Haben Sie den Namen mal gehört? Einen Blacky gekannt?«

Sie schüttelte wieder den Kopf.

Er erwähnte prompt »… dieser Schauspieler: Wie hieß er?«

»Joachim Fuchsbercher«, kam ihm seine Frau zu Hilfe.

»Richtig. Warum, weiß ich nicht. Aber alle Welt nannte ihn doch so.« Er lachte: »So schwarz war der doch gar nicht.«

Ich nickte zustimmend.

Er hob sein Glas: »Prost erst mal.«

Wir tranken alle. Dann fuhr er fort: »Ist aber insofern interessant, weil einer der wichtigsten Fluchthelfer damals 'Schwarzer' genannt wurde.«

»Schwarzer - nicht Blacky?« Ich war elektrisiert.

»Definitiv Schwarzer!«

»Und er hieß eigentlich ganz anders?«

»Er hieß bürgerlich Veigel, Burkhart Veigel. Was heißt 'hieß'? Er heißt immer noch so. Lebt in Berlin. Schreibt Bücher. Auch über Fluchthilfe. Der kann Ihnen vielleicht weiterhelfen. Finden Sie im Internet.«

»Burkhart Veigel?«

»Dr. Burkhart Veigel!«, bestätigte er.

Ich notierte mir den Namen. Das war doch schon mal was.

»Oder kommen Sie. Ich habe immer noch Verbindung zu ihm. Wir können ihn gleich anrufen. An meinem Schreibtisch können Sie mithören.«

»Das wäre prima.« Wir gingen ins Haus.

»Lasst abber des Bier net warm werde«, rief uns die Frau nach.

Er schaute in sein Adressbuch und wählte dann vom Festnetzapparat.

Nach vier Ruftönen hörte ich eine tiefe Männerstimme: »Veigel.«

»Hallo, Burkhart. Hier ist Gregor aus Gießen. Wie geht's dir?«

»Gregor, du? Lange nichts gehört voneinander.«

»Ist jetzt schon wieder vier Jahre her.«

»Was machst du? Ich sitze hier an der Autorenkorrektur meines neuen Buchs.« Er sprach mit leicht schwäbischem Akzent.

»Wieder über Fluchthilfe? Das Thema ist ja heute wieder ganz aktuell.«

»Da hast du Recht. Wird aber ein Krimi.«

»Apropos: Krimi. Neben mir sitzt ein Privatdetektiv aus München, der einen Mordfall aufklären will. Das Opfer hatte offensichtlich Kontakt zur Stasi und auf seiner Brust stand. Zitat: Enttarnt. Blacky. Zitat Ende. Frage an Dich: Hast du je diesen Namen in der Szene gehört?«

»Blacky? Blacky. Ist ja witzig, wo sie mich doch *Schwarzer* nannten.«

»Das habe ich auch schon erwähnt. Aber du musst ja nicht mehr enttarnt werden.«

Dr. Veigel am anderen Ende der Leitung lachte: »Gewiss nicht! Aber mir fällt nichts ein zu Blacky. Sieht jedenfalls nach einem späten Racheakt aus.«

»Muss nicht sein«, rief ich dazwischen. »Die Rache kann sich ja auch auf spätere Zeiten beziehen. Der Mann lebte nur sehr lange schon in Kroatien und der Täter scheint ein Deutscher zu sein. Deshalb die lange Spur in die Vergangenheit.«

Wieder Dr. Veigel: »Verstehe. Sollte mein altes Gehirn noch einen Einfall haben, melde ich mich. Gregor maile mir doch einfach mal die Telefonnummer des Herrn.«

»Machen wir. Burkhart, mach´s gut. Toi, toi, toi für dein neues Buch und Servus.«

»Adele – und Gruß an Heidelinde.«

Auf dem Weg zurück in den Garten kam uns Heidelinde entgegen.

»Nein, nein«, rief ihr Mann. »Wir kommen. Burkhart lässt dich grüßen.«

Wir setzten uns wieder.

»Und Sie haben so richtig Tunnel gebaut – oder wie muss ich das verstehen?« Ich war neugierig geworden.

»Gott bewahre. Nein. Bei diesen aufwendigen Maulwurfs-Unternehmen mit wochenlangem Buddeln und mit ungewissem Ausgang wollte ich nicht mitmachen. Auch so ein umgebautes Auto lehnte ich ab. Da hast du keine Chance. Die entdecken dich und schon geht's ab ins Zuchthaus. Keine Ausrede, keine Fluchtmöglichkeiten. Aber ich muss betonen, dass ich nicht aus ideologischer Überzeugung oder familiärer Bindungen dazu kam. Sonst hätte ich sicher auch alles versucht. Es war bei mir die reine Abenteuerlust.«

Er wandte sich an seine Frau: »Könntest du das Bild von der Heinestraße aus dem Ordner holen?«

Sie stand auf. »Natürlich.«

Jetzt wieder zu mir: »Wir hatten es neulich erst in der Hand, weil ein Kumpel gestorben war.

Wir arbeiteten damals mit Passfälschungen. Ich hätte nicht gedacht, wie einfach das geht: Das Bild war ja mit Ösen befestigt. Die wurden aufgedröselt, Bild raus, neues Bild rein, Stempel nachgezogen. Fertig. Beim Stempel waren allerdings Grafiker am Werk. Heute ist das Bild ja unlösbar integriert.»

Ich war fasziniert von der Geschichte: »Sie brachten also einen gefälschten Pass rüber zu einem Fluchtwilligen und sagten 'Nimm und flieh'?«

»Das klappte nur im ersten Jahr. Dann führte die DDR Passierscheine ein. Damit war der einfache Weg versperrt. Ich traf dann auf eine Gruppe von Studenten, die eine geniale Idee hatten. Den Doppelgänger. Das funktionierte ganz prima am Übergang Heinrich-Heine-Straße. Dort stand eine Baracke für die Abfertigung. Man ging vorne rein, gab den Pass ab, bekam ihn mit Passierschein zurück und ging hinten raus.«

Heidelinde kam zurück mit einem kleinen Foto in der Hand.

»Du kommst genau aufs Stichwort.«

Er nahm das Bild und stellte sich neben mich.

»Hier ist die Szenerie. Aufgenommen von einem Beobachtungsturm im Westen.«

»Da hinten links, wo die Autos stehen, das weiße Gebäude ist die Baracke. Wenn ich jetzt beispielsweise als Hans Schmidt aus Düsseldorf rein ging, hatte ich am Ende einen falschen Pass mit echtem Passierschein. Ich ging dann zurück zum Auto, stieg aber nicht ein, sondern legte das Dokument ins Handschuhfach, nahm meinen echten Pass raus und stellte mich erneut in die Schlange vor der Baracke, um noch einmal den Prozess zu durchlaufen.

Drüben musste man nur mein Bild aus dem falschen Pass entfernen und das des Fluchtwilligen einsetzen. Das war natürlich vorher schon im Westen vorbereitet worden. Der Flüchtling erhielt dann den Pass von Hans Schmidt aus Düsseldorf mit echtem Passierschein – und nur für den interessierten sich die Vopos. Er hatte jetzt bis 24 Uhr Zeit, sich Namen und Geburtstag einzuprägen und konnte ganz normal nach Westberlin fahren.«

»Klingt einfach, aber effektiv.«

»Ich war damals begeistert. Die Methode hatte eine Eleganz, die mir gefiel. In jeder Phase konnte man noch reagieren, den Kopf aus der Schlinge ziehen. Es dauerte meistens eine Stunde bis man wieder vor den Vopos stand. Selbst wenn einer jetzt Verdacht schöpfte, ich war ja wieder der Gregor Kupsch, mit echtem Ausweis und echtem Passierschein.«

»Gab es denn nie eine brenzlige Situation?«

»Doch schon. Deshalb habe ich den Namen Hans Schmidt aus Düsseldorf auch nie vergessen. Der Vopo, der ihn mir zurückgab, sagte nämlich: Ich bin auch aus Düsseldorf. Da blieb mir doch das Herz fast stehen. Ich komme ursprünglich aus der Nähe von Marburg. Von Düsseldorf wusste ich höchstens, dass es dort eine *Kö* gibt. *Fortuna* machte kaum von sich reden. Vielleicht der Karneval. Aber sonst – gähnende Leere in meinem Hirn. Zum Glück beim Vopo offenbar auch. Er grinste nur, ich grinste nur – und weg war ich. Insofern war es blöd, weil ich natürlich nie mehr mit falschem Pass rüber konnte. Ich lief dann nur noch als Beobachter mit.«

»Kann man sich heute alles gar nicht mehr vorstellen. Ich habe die Mauer ja gerade noch erlebt. Wir machten kurz vor der Wende einen Schulausflug nach Berlin. Da war der Checkpoint Charlie Pflichtprogramm. Mehr Ahnung hatte ich nicht.«

»Wie so viele junge Leute heute.« Das war Frau Kupsch.

»Jetzt aber noch einmal zum Grund meines Besuchs. Ich frag einfach mal: Könnte es sein, dass Sie noch eine offene Rechnung hatten – mit einem Vopo, der sich Blacky nannte?«

Gregor Kupsch lächelte: »Danke, dass Sie mir das noch zutrauen. Aber nein, mir ist nie ein Blacky begegnet.«

Nun lächelte auch sie: »Mer würde es abber auch net zugebe, gell?«

Ich lächelte zurück, sagte aber nichts.

München, 23. September 2017

Es war ein Samstag. Endlich hatte ich Zeit, Herrn Schmall in München anzurufen. Vielleicht war er ja zu Hause. Es meldete sich eine Dame, die sich als Biermarketing Schmall vorstellte.

»Sie sprechen mit Frau Wagner. Was kann ich für Sie tun?«

Meinen Wunsch, Herrn Schmall persönlich zu sprechen, beschied sie bayrisch, aber abträglich: »Ja, wo kemma Sie denn her? Wo´s Oktoberfest laft, en Herrn aus dem Biergeschäft sprecha zu wolln. Aiso, des geht ja gar net. Oder wolln´s ihn auf der Wiesn treffen? Sicher net. Vor dem 4. Oktober geht da garnix. Habns des begriffen?« Sie ließ das Schluss-n zwischen den Zähnen ausklingen.

Ich hatte.

Auf meine Frage, wann es denn möglich sei, den Herrn zu sprechen, kam ein versöhnliches »I schau mal!«

Ich hörte sie blättern, dann war sie wieder am Telefon: »Aiso des geht bis zum dritten Oktober. Des is der Feiertag. An Dienstag. Aiso Freitag, den sechsten, um elfe?«

»Passt!«, sagte ich, nachdem ich in meinen Kalender geschaut hatte.

»Und wie war der Name?«

»Lars Urbach.«

»Derf ich auch wissen, um was es geht, Herr Urbach?«

»Sagen Sie einfach Kroatien. Dann weiß er schon!«

»Is gut, Herr Urbach. I werd´s ausrichten!«

»Vielen Dank und Servus.«

Noch ein Anlauf. Das Münchner Pärchen stand noch auf der Liste.

München, 27. September 2017.

»Komm ins Studio«, hatte Siegfried Hummel am Telefon gesagt. »Am besten gegen drei. Da ist es ruhig hier. Alle auf der Wiesn.« Er war – zusammen mit Dagmar Wagner – der Letzte auf der Zeugenliste.

Das Studio war eher eine ›Mucki-Bude‹. Nicht so eine aufgemotzte Wellness-Oase mit Sauna und Schwimmbad. Aber auch jetzt am frühen Nachmittag lagen einige auf den Hantelbänken und wuchteten die Scheiben. Andere bewegten sich rhythmisch auf den Crosstrainern.

Auch am Empfang wurde ich geduzt. »Siehst du da hinten die blaue Tür? Da durch und die zweite links. Da sitzt der Chef. Steht dran.«

›Daggi + Siggi‹ stand tatsächlich dran.

Das Büro war winzig. Wenn Daggi noch anwesend gewesen wäre, hätte einer stehen müssen. So konnte mir Siggi einen Stuhl anbieten.

Er war um die Fünfzig, groß, schlank, fast hager mit eng stehenden, blauen Augen. Kantiges Kinn. Dünnes, blondes Haar, das erst weit hinten in der Stirn ansetzte. Er trug einen dunkelblauen Jogginganzug mit den berühmten drei Streifen. Man konnte ihn sich auf der Hantelbank genauso vorstellen, wie auf der Skipiste.

Er deutete auf eine Wärmekanne. »Möchtest du einen Kaffee? Ich bin der Siggi.«

»Danke, nein. Mich nennt man Larry.« Ich schob ihm meine Karte hin.

Er betrachtete sie und sagte dann: »So eine Art Sherlock oder wie?«

»Kann man so sagen. Am liebsten mochte ich aber *Columbo*, wenn du den noch kennst?«

Er nickte. »Der hat sich immer noch einmal umgedreht und eine entscheidende Frage gestellt. Hab ich auch gern gesehen. Was führt dich her?«

Er deutete auf meine Prothese. »Du willst ja sicher keine Gewichte stemmen?«

Irgendwie musste ich mich an das Duzen gewöhnen. »Ich mach sogar Übungen mit kleinen Hanteln. Fit muss ich ja bleiben.« Ich machte ein paar Armbeugen.

»Wir haben sogar ein Gerät dafür. Kann ich dir nachher zeigen.«

»Danke. Ich bin in einem Klub. Jetzt geht es aber um einen klassischen Mord. Auf dem Campingplatz in Punat. Am Tag eurer Abreise. Ein Deutscher. Deshalb fragen wir erst mal alle Deutschen. Warum seid ihr gerade am Pfingstsonntag abgereist?«

»Wir sind nicht ab, sondern weiter gereist. Runter bis Dubrovnik, dann rüber nach Italien und wieder hoch. Den ganzen Sommer über. War toll.«

»Denke ich mir. Ist Ihnen, ist dir damals irgendetwas aufgefallen? Dort in Punat?«

»Nix.«

»Hast du schon einmal den Namen Blacky gehört?«

»Wir hatten ihn sogar im Klub. Ein echter Neger. Also ein Farbiger. Aus Kamerun.«

»Peter Weiss?«

»Was ist mit ihm?«

»Schon mal gehört?«

»Nicht, dass ich wüsste. Nein.«

»So hieß das Opfer. Der Name ist aber falsch. Er muss früher anders geheißen haben. Blacky war wohl sein Spitzname.«

»Ganz schön viele Identitäten. Oder?«

Ich nickte. »Ein Münchner bist du aber nicht?«

Er lachte. »Ich bin echter Ossi. Aus Erfurt im schönen Thüringen.« Jetzt hörte man die leichte Sprachfärbung. »Mit 18 bin ich rüber gemacht. Ein Jahr vor dem Mauerfall. Hätt ich's gewusst. Ich hab mir damals die halben Eier abgerissen. Im Kugelhagel an einem Stacheldraht in der Rhön. Also die Hälfte: ein Ei von zwei.«

»Verstehe.«

»Also ein bisserl was geht noch, wie die Bayern sagen.«

»Glückwunsch«, sagte ich.

»Ich hatte wirklich Glück.« Er war jetzt am Erzählen. »Westliche Grenzer zogen mich rüber und retteten mir das Leben. Ich wäre dort verblutet. Man brachte mich nach Fulda in ein katholisches Krankenhaus. Die Nonnen überboten sich, meinen zerrissenen Sack wieder hinzukriegen. Als ich dann die erste Erektion hatte – da war was los. Sie tanzten um mein Bett und sangen *Danket dem Herrn!* So wurde mir der Heilungsprozess tatsächlich durch tägliche Streicheleinheiten beim Verbandswechsel versüßt. Nein, ich bin völlig ungläubig, aber auf Nonnen lass ich nichts kommen.«

»Verstehe. Aber einen gewissen Hass, eine Wut auf Vopos und Stasi müssen – musst du doch in dir tragen.«

Er überlegte. Schließlich sagte er: »Also, wenn ich dich jetzt als Stasiknilch erkannt hätte, würde ich alles tun, dich der gerechten Strafe zuzuführen.«

»Was ist nach so viel Jahren noch gerecht?«

Er legte seinen Kopf schief und musterte mich: »Also auch einer, der ›Schwamm-drüber-Fraktion‹. Passt gar nicht zu deinem Job.«

»Ich bin ja auch für Gerechtigkeit. Aber ist es gerecht, diesen Peter Weiss nach so vielen Jahren umzubringen?«

Er zuckte die Achseln. »Vielleicht hat man es ja nicht geschafft, ihn vor ein ordentliches Gericht zu bringen. Wenn es einer von meinen Verfolgern gewesen wäre, ich hätte zugestimmt. Aber hundert pro! Das können Sie mir glauben.«

»Und? War er einer?«

»Indirekt bestimmt – wenn er zur Stasi gehörte. Da gab es keine Unschuldigen. Die wussten, was sie taten. Nicht umsonst hat er seine Identität gewechselt.«

»Seine Hinrichtung war aber auch ein Unrecht.«

»Es gibt eine höhere Gerechtigkeit.«

»Woher weißt du das, mit dem Identitätswechsel?«

»Freunde, wir haben Freunde dort kennengelernt, die länger blieben. Am Telefon haben sie mal davon gesprochen. Aber nur so nebenbei.«

»Ein Mord in der Nachbarschaft? Nur so nebenbei? Ohne Namen zu nennen?«

»Wir kannten ihn ja nicht. Außerdem waren wir im Urlaub und hatten keine Lust auf Probleme. Willst du unsern Klub mal anschauen?«

Ich hatte keine Lust. Er hatte keine Lust mehr auf ein Gespräch.

Schon im Rausgehen, drehte ich mich noch einmal um. Irgendwie fiel mir *Columbo* wieder ein: »Eine Frage noch: Wo ist eigentlich Daggi?«

Er stutzte, dann lachte er: »Der Regenmantel fehlt noch, Inspektor. Sonst schon ganz gut. Sie ist auf einem Fortbildungskurs in Zürich. Schiedsrichterin bei Aerobic-Wettbewerben.«

Ich winkte ihm zu und ging.

München, 6. Oktober 2017

Pünktlich um elf Uhr betrat ich das Büro im Münchner Osten. Offenbar ein ehemaliger Tante-Emma-Laden oder ein
Friseur mit Schaufenster zur Straße. Es war völlig zugeklebt
mit bunten Bierplakaten. Der Rest sah ziemlich herunterge-
kommen aus.

Beim Eintreten erwartete ich ein 'Palim-Palim', nach Hal-

lervordens unvergessenem Sketch. Es kam aber nichts. Dagegen ein sehr nobel eingerichtetes Büro. Was er an Miete
sparte, hat Herr Schmall offensichtlich in die Einrichtung ge-
steckt. Auch Frau Wagner war nicht fehl am Platz. Sie sah aus
wie ein bayrisches Madl auf einem Bierplakat. Jung, fesch,

drall im Dirndl. Sie begrüßte mich »Mei, san Sie aber pünktlich.« Dann verschwörerisch: »Im Moment telefoniert er noch. Is aber nur seine Frau. Das geht schnell – da isses scho aus, des rote Lämpchen. Gehn´s nur eini.«

Ich klopfte, hörte ein »Herein!« und sah einen etwas unförmigen Mann, groß und massig, in seinem Sessel. Ich ging mit ausgestreckter Hand auf ihn zu, damit er sich gar nicht erst erheben musste.

»Bleibens sitzen. Ich bin Lars Urbach, privater Ermittler.«

Er war aber, trotz der Masse, geschmeidig hinter seinem Schreibtisch aufgestanden. Schwarze Tuchhose, weißes Hemd mit Krawatte mit Bierglas-Motiven und Trachtenjanker aus Leder. Ein Bilderbuchbayer. Wir reichten uns die Hand.

»Wolfgang Schmall. Ich hörte schon, dass es um Kroatien geht. Meine Handynummer hat Sie sicher auf meine Spur gebracht?«

Ich war verblüfft. »Auf welche Spur?«

»Na, wegen dem Toten. Ich wusste gleich, da kommt noch was.«

»Gekommen bin ja nur ich. Bis jetzt.. Ich wollte eigentlich nur hören, warum Sie am Pfingstsonntag den Campingplatz in Punat verlassen haben?«

»Ich hatte Angst.«

»Aha?«

»Vor der kroatischen Polizei.«

»Ich muss mal etwas klarstellen. Ich bin nur hier, weil an dem Tag in einem Zelt eine Leiche gefunden wurde und die Tochter des Toten mich um Ermittlungen gebeten hat. Er war Deutscher, lebte aber schon ewig in Kroatien, sodass kein Land sich so richtig zuständig fühlt.«

»Was ja nachvollziehbar ist«, warf er ein.

Ich nickte. »Um jetzt irgendwo anzufangen, bat ich zunächst um alle Adressen von Deutschen, die an dem Tag abgereist sind. Dass man das Handy des Toten ausgewertet hätte, ist mir unbekannt, aber sicher ein neuer Ansatz, wenn ich nicht weiterkomme. Jetzt erzählen Sie einfach mal, was da los war, am Pfingstsonntag. Warum waren Sie dort. Sie sehen nicht aus, wie ein Naturanbeter.« Er lachte.

»War bestimmt nicht meine Idee. Möchten Sie was trinken? Ich hätte ein schönes Weißbier. Eine leichte Weiße von *Graminger*?«

»Wenn Sie mittrinken, gern!«

Er ging zur Tür. »Frau Wagner würden Sie uns zwei leichte *Graminger* bringen?«

Wieder staunte ich über seine Beweglichkeit.

Er setzte sich wieder und begann: »Wie Sie bemerkt haben, bin ich im Biermarketing. Ich berate südbayerische Brauereien. Erfinde Aktionen, organisiere Sammelbestellungen bei Kasten oder Gläsern. Oft muss da ja nur der Aufdruck geändert werden. Es geht um verkaufen, verkaufen, verkaufen. Da sollte man manchmal über den Tellerrand hinausgehen. Also seine regionalen Biere auch mal ganz woanders zu platzieren.« Er blickte versonnen in die Ferne.

»Verstehe«, nickte ich ihm zu.

»Wir haben ja so viele schöne Sorten: Naturtrübe, leichte, obergärige, dunkle …« Er kam ins Grübeln.

»Und damit wollten Sie nach Kroatien?«, half ich ihm weiter.

»Genau! Letzten Sommer habe ich mit Freunden einen Segeltörn entlang der kroatischen Küste gemacht. Bis runter nach Dubrovnik. Und überall gab's *Erdinger Weißbier*. In jedem Hafen. In jeder *Gostionica*. Wirklich überall. Meine Freunde zogen mich schon auf und fragten aus Spaß da unten nach einem Altöttinger.«

Wie aufs Stichwort kam Frau Wagner mit zwei vollen Gläsern herein.

»Zum Wohl, die Herren. Mögens auch was dazu?«

Wir verneinten und sie ging. Herr Schmall schaute ihr wohlgefällig nach.

»Eh, wo warn wir?«

»Beim Altöttinger.«

»Passt!« Wir tranken uns zu.

»Also – als ich zurück war, ließ es mir keine Ruhe. Ich hatte schon in Italien, im Norden, um den Gardasee Aktionen gemacht. Das war leichter, weil die Italiener verrückt nach Oktoberfest sind. Warum nicht auch mal in Kroatien versuchen. Es ist ja unbestritten, dass der Bierkonsum zurückgeht, der Durst nach neuen Sorten und Geschmacksvarianten aber zunimmt. Sicher auch dort. Ich erfuhr dann, dass ein Deutscher in Zagreb einen großen Bierimport betrieb. Den wollte ich kennenlernen.«

»Peter Weiss.«

»Genau. Ich nahm Kontakt auf. Er schien interessiert und schlug schließlich vor, sich auf *Krk* zu treffen. Ich bin da im Sommer immer wieder, meinte er. Auf einem Campingplatz am Meer. Das sei doch der richtige Ort für eine Bierprobe. Als ich hörte, es sei ein FKK-Platz, zögerte ich, doch er meinte, das sei kein Problem. Man könnte auf Tageskarte auch mit Badehose rein. Er als Ossi sei das gewohnt.«

»Sie haben gar nicht auf dem Platz gelebt?«

»I wo. Ich wohnte in der Stadt im Hotel.«

»Im Parkhotel?«

»Kennen Sie's?«

»Meine Freundin hatte dort eine Tagung, solange war ich auf dem Campingplatz. Am Abend holte ich sie raus.«

Er griff zum Glas. »Trinken wir auf die Adria! Beim Wort *Krk* verhaspel ich mich immer. Aber das Meer ist toll!«

Als sein Glas wieder abgesetzt war, fuhr er fort: »Wir verabredeten uns für den Pfingstsonntag um elf. Er hause auf Platz 1173. Tja.«

Er schwieg.

Ich auch.

»Ich machte mich also auf die Reise mit einer großen Kühlbox und fünf Sorten zu vier Flaschen. Und suchte an jenem Sonntag den Platz. Ich fand das Zelt, verschlossen, aber mit einer Ameisenstraße unterm Reißverschluss durch, direkt hinein. Das war merkwürdig. Ich rief 'Herr Weiss!'. Nichts. Auch kein Mensch weit und breit. Unten im Meer kämpften Kinder um eine Luftmatratze. Ich zog also vorsichtig den Reißverschluss auf – .« Er schwieg wieder.

»Da lag ein toter Mann«, sagte ich.

»Da lag ein toter Mann«, echote er. »Waren Sie auch dort?«

»Ich habe die Polizei gerufen. Deshalb habe ich den Fall.«

»Verstehe. Ich war nicht so cool. Ich machte, dass ich fortkam, bevor die Kroaten mich unter Verdacht festnahmen. Ich bin Hals über Kopf abgereist und war heilfroh, als ich wieder mit meiner Bierprobe in München war. Wie sind Sie denn da rausgekommen?«

»Meine Freundin kannte den Justizminister.«

»Besser gehts nicht.« Er hob sein Glas. »Auf die Freundschaft.«

»Auf die Freundschaft.«

Nach einem tiefen Schluck waren meine Gedanken wieder frei: »Ich muss jetzt aber doch noch mal ganz dumm fragen: Sie kamen mit ihrem Auto einfach so rein? Ohne einen Platz zu mieten?«

»Das hatte Herr Schmall schon angesagt. Man konnte Tageskarten für fünf Euro nehmen. Mit Parzelle hätte es elf Euro mehr gekostet.«

»Sie haben also an der Rezeption gesagt, Sie möchten nur Herrn Weiss besuchen?«

»So ähnlich. Eigentlich musste man nur sagen, dass man für einen Tag bleiben möchte.«

»Aber Kennzeichen und Adresse wurden notiert?«

»War etwas bürokratisch, aber die Dame füllte einfach das

Formular im Computer aus!«

»Das Prozedere kenn ich. Und was war bei der Ausreise?«

»Völlig problemlos. Nur ein Winke-Winke - und ab. Zum Glück.«

»Wie kamen Sie dann aber auf die Liste der Ausreisenden?«

Er zuckte die Schultern: »Wahrscheinlich gab es eine Spalte 'Einreise' und eine für 'Ausreise'. Und in beiden hat sie mich eingetragen.«

»Also könnten doch an dem Tag noch viel mehr Deutsche ausgereist sein?«

»Er schüttelte den Kopf. »Wenn Sie eine Parzelle mieten, müssen Sie den Personalausweis abgeben. Den gibts erst zurück, wenn alles okay ist.«

Ich erinnerte mich.

»Wenn also jemand ein paar Tage vorher eine Vertrauensperson auf dem Platz hat«, dachte ich laut, »kann er dort unter schlüpfen und am Tag X spurlos verschwinden.«

»So ist es.«

Wenig später fuhr ich mit verqueren Gedanken zurück in mein Büro.

München, 8. Oktober 2017

Kurz nach 18 Uhr rief ich Carolina an. Es dauerte etwas, bis sie abhob. »Oh, Herr Urbach, ich war auf meinem Balkon. Ein herrlicher Oktoberabend. Haben Sie Neuigkeiten?«

»Also herrlich ist das Wetter hier nicht, aber Neuigkeiten habe ich. Leider keine sehr ermutigende: Es gibt zu große Lücken in der Überwachung des Camps.« Ich erklärte ihr die Situation.

»Ich habe erfahren, dass Tagesgäste ohne Abmeldung wieder raus fahren können. Sie werden zwar, wie alle, in das Tagebuch eingetragen, zahlen dann ihren Eintritt – und fertig. Sie müssen nicht ihren Pass abgeben.«

»Was bedeutet das für uns? Also für Sie?«

»Eine große Unsicherheit. Denn, wenn der Mörder am Freitag oder Samstag auf Tagesticket eingefahren ist und bei einer Vertrauensperson untergetaucht ist, kann er nach der Tat am Sonntag verschwinden, ohne auf unserer Liste zu stehen. Er war ja offiziell gar nicht mehr anwesend.«

»Das ist ja wirklich eine schreckliche Lücke.«

Ich musste lachen: »Ach diese Lücke! Diese entsetzliche Lücke - wissen Sie aus dem Deutschunterricht, wer das gesagt hat?«

»Hhm – keine Ahnung. Ist das schlimm?«

»Überhaupt nicht. Es war Werther – *Goethes Leiden des jungen Werther* war sicher auch bei Ihnen Pflichtlektüre?«

»Stimmt. Aber, ganz ehrlich gesagt, ich weiß nichts mehr. Ist zu lange her.«

»Völlig okay. Aber was machen wir mit unserer Lücke? Es gibt da einen Hoffnungsschimmer: Wenn die im Camp am Ausgang eine Videoüberwachung installiert haben, wäre das eine Chance.«

»Das könnte ich sofort klären.«

»Prima. Fragen Sie gleich auch, ob es von der fraglichen Zeit – also um den 1. Juni herum - noch Aufzeichnungen gibt. Man müsste dann nur prüfen, ob die wenigen Tagesgäste, die wir auf der Computerliste haben, auch am selben Tag ausgefahren sind. Ganz heiß wäre es, wenn einer erst am Pfingstsonntag ausgefahren wäre.«

Sie jubelte fast: »Dann hätten wir einen Hauptverdächtigen!«

»Jedenfalls einen mit erheblichem Erklärungsbedarf.«

»Ich möchte am liebsten gleich anrufen.«

»Machen Sie. Ich warte hier auf ihren Rückruf.«

»Bis gleich!«

Gleich dauerte exakt 21 Minuten, dann war sie wieder dran.

»Ich musste noch die *Policia* in Rijeka anrufen. Aber alles gut: Es gibt ein Band. Ist dort – wie sagt man? Festgesetzt?«

»Beschlagnahmt.«

»Genau. Liegt in Rijeka, auch die Computerliste. Wir müssen aber selbst nachschauen. Haben keine Zeit.«

»Na, ist doch wunderbar. Ich werde selbst nach Rijeka fahren.«

»Ich komme mit.«

»Wie weit ist es von Zagreb nach Rijeka?«

»Nicht so weit. Vielleicht 160 Kilometer.«

Wir entwickelten schnell einen Plan. Ich wollte am nächsten Dienstagabend mit dem Nachtzug nach Zagreb fahren, um dann zusammen mit Carolina im Auto nach Rijeka weiterzufahren. Die Rückfahrt ließ ich noch offen.

Carolina: »Ich habe richtig, wie sagt man, Fieber zur Jagd?«

»Fast richtig: Jagdfieber!«

Zagreb, Rijeka 11. Oktober 2017

Zwanzig Minuten vor neun Uhr fuhr der Zug im Hauptbahnhof Zagreb ein. Ich hatte Carolina meine Wagennummer durchgegeben und sah sie schon, bevor ich aussteigen konnte. Das Haar schien noch länger als im Sommer und gab ihr das Aussehen einer jungen Löwin. Dazu Jeansjacke, dunkelblaues T-Shirt und Jeanshose. Über der Schulter lag der Tragriemen einer riesigen, gelben Ledertasche.

Als sie mich sah, rannte sie regelrecht auf mich zu und umarmte mich.

»Schön, dass Sie gekommen sind. Wie war die Nacht? Haben Sie schon gefrühstückt?«

Ich befreite mich vorsichtig und stellte meinen kleinen Rollkoffer ab. »Langsam, Carolina, langsam. Alles gut. Ich freue mich auch. Ich konnte schlafen, bis sie von der Passkontrolle kamen.«

»Ja, man verlässt den Schengenraum. Wir leben ja außerhalb. Zum Glück ist die Nacht dann schon vorbei.«

»Ab Ljubljana war ich hellwach und bekam sogar ein kleines Frühstück.«

»Ist sehr gut! Da können wir gleich los. Habe uns in Rijeka um 14 Uhr angemeldet. Fahrt ist sehr gut. Nur *Autocesta*. Im Sommer viel Verkehr, weil alle wollen zum Meer. Heute kein Problem. Navi sagt zwei Stunden, 16 Minuten.«

Das Navi hatte recht. Und sie war eine sichere Fahrerin. Kurz vor halb zwölf fuhr sie auf einen riesigen Parkplatz an einem Kanal. »Dort drüben über die Brücke ist Altstadt und Policia. Ist nicht weit. Wir können gehen, Sightseeing und etwas essen.«

»Ich darf Sie einladen. Ich habe nämlich ein dickes Spesenkonto.«

Sie lachte: »Aber lassen Sie sich eine schöne Quittung geben.«

»Unbedingt!«

»*Policijska uprava primorsko – goranska*« – so stand es auf einer Tafel am Haus. Es klang jedenfalls sehr amtlich. Carolina hatte mich zwar vorgewarnt, aber der erste Eindruck war verheerend. Überall standen oder hockten abgestumpfte oder zornige Menschen. Der Vorhof zur Hölle muss ähnlich sein. Carolina zog mich durch die Massen zu einem Tresen. Dahinter eine missgelaunte, junge Frau in Uniform. Auf unser freundliches »*dobar dan!*« kam nur ein kurzes »*Molim?*«.

Erst als Carolina das Fax zeigte, in dem von oberster Stelle unser Termin bestätigt wurde, bekam ihr Gesicht einen entspannteren Ausdruck. Sie erklärte etwas und zeigte dann auf den Fahrstuhl.

Es ging aber abwärts. In den Keller.

»Ich bin ganz in Spannung«, sagte Carolina. Die zugewiesene Zimmernummer war links den Gang runter. Dort wartete eine Überraschung: Im Büro saß ein junger Polizist, der regelrecht strahlte, dass wir pünktlich gekommen sind. Er konnte sogar ein paar Brocken deutsch.

»Das ist Video von Ausfahrt ab letzte Tag of May. This is - das ist Liste von Rezeption mit Ankunft und Abfahrt ab Juni, first.«

Carolina erklärte ihm, dass wir nur Deutsche und nur Tagesgäste suchten. Dann wollten wir auf dem Video die tatsächliche Ausfahrt feststellen.

Er strahlte wieder, weil er glaubte, verstanden zu haben: »Wenn nicht am Abend raus, dann Gangster!«

Wir nickten beide und nahmen uns die Listen vor.

Nach einer halben Stunde hatten wir in der fraglichen Zeit, also in den Tagen vor dem Mord, tatsächlich sieben Tagesgäste. Ich hatte die Kennzeichen notiert. Jetzt mussten wir den Videorecorder aktivieren. Die Aufnahmen waren wohl mit einem Bewegungsmelder gekoppelt, denn es erschien immer ein Bild mit der Wagenrückseite, das ungefähr drei Sekunden stehen blieb. Dann ruckte es weiter. Nach einer knappen Stunde hatten wir alle durch. Sie waren ordnungsgemäß am selben Tag wieder raus – bis auf einen: HDL-LW2. Wir waren jetzt am 4. Juni angekommen. Wenn er jetzt auftaucht – Bingo! Da stand es: HDL-LW 2. Carolina stieß einen spitzen Schrei aus. Sie war wirklich vom Jagdfieber gepackt. Wir hielten das Band an. Am Pfingstsonntag um 07:20 Uhr hat der Wagen das Camp verlassen. Drei Tage nach seiner Einreise hatte er es wohl sehr eilig gehabt.

 Ein schöneres Beweisfoto habe ich selten gesehen. Ich nahm mein Handy, um den Bildschirm des Recorders abzufotografieren. Danach rief ich die App mit den Kennzeichen auf: HDL sagte mir gar nichts. Es stand für Haldensleben / Sachsen-Anhalt. Nie gehört. Irgend eine Kleinstadt in Norddeutschland.

Jetzt mussten wir nur noch auf der Liste der Einreisenden den Fahrer feststellen: Ulrich Spinner, Süplinger Str. 6, 39340 Haldensleben. Auch die Handynummer konnte ich notieren.

Wir bedankten uns bei dem jungen Polizisten und verließen beschwingt das Haus.

Inzwischen war es vier Uhr geworden. Carolina hängte sich bei mir ein und fragte plötzlich: »Wie sagt man zu Bettfieber?«

Ich war etwas ratlos: »Wenn Sie Fieber haben, müssen Sie

ins Bett. Warum fragen Sie?«

Sie lachte. »Nein, Bettfieber, wie Jagdfieber.« Sie blieb stehen und griff mir ans Revers: »Ich habe Lust auf Bett. Mit Ihnen.« Und bevor ich antworten konnte: »Wenn ich Ihnen bin sympathisch.«

Ich fühlte mich überrumpelt, aber auf eine sehr angenehme Weise. Ich umarmte sie mit dem gesunden Arm und sagte: »Du bist mir sehr, sehr sympathisch und deshalb müssen wir uns jetzt duzen. Meine Freunde nennen mich Larry.«

Sie schmiegte sich an mich. »Meine Freunde nennen mich Caro!«

Inzwischen waren wir an dem Fluss angekommen. Wir traten ans Brückengeländer und schauten beide ins Wasser.

Etwas unbeholfen fragte ich: »Wie stellst Du Dir das vor? Das Bettfieber.«

»Sehr schön!«, war die Antwort. Ich musste wieder lachen.

Sie kam mit ihren Lippen dicht an mein Ohr. »Da drüben ist Hotel. Wir gehen rein, machen schön im Bett. Gehen etwas essen. Machen wieder schön. Ganze Nacht. Morgen früh fahren wir nach Zagreb. Dein Zug fährt um 12 Uhr 36. Also alles gemütlich.«

»Sehr guter Plan« sagte ich und drückte sie wieder an mich. Wir schlenderten zum Parkplatz, um meinen Koffer zu holen. »Ich habe alles dabei«, sagte sie, »Zahnbürste und alles.« Dabei schlug sie auf ihre große, gelbe Umhängetasche.

Es wurde nicht gemütlich, sondern sehr erregend. Gegen zwanzig Uhr fragten wir den Concierge nach einem guten Restaurant. Er empfahl uns das 'Feral'. »Sehr gute Fische und sea-food.« Wir nickten begeistert. »Gehen Sie einfach über die Brücke, dann links. Letzte Straße vor Hauptstraße rechts ist das Lokal.

Auf der Rückfahrt nach Zagreb wollte ich dann doch eine Frage loswerden: »Sag mal ehrlich, Caro, hast du eigentlich keinen festen Freund?«

Sie lachte: »Keine Angst. Habe ich. Miro. Ein toller Mann. Er ist nur weit weg. Irgendwo auf dem Pazifik. Er ist beim kroatischen *Meteorological or Hydrometeorological Service*, also bei den Leuten, die das Wetter beobachten. Weil er auch begeisterter Taucher ist, hat man ihn eingeladen, eine Expedition mitzumachen. Sie erforschen seit Mai die Weltmeere. Er will bis Dezember dabei sein. Im Januar mache ich Examen. Da wollen wir gemeinsam überlegen, wie es weitergeht.«

Ich war leicht gekränkt, weil offenbar ihr Bettfieber nicht aufgrund meiner Virilität, sondern aus temporärer Einsamkeit entstanden war. Matt sagte ich: »Klingt ja alles toll.« Natürlich freute ich mich auch für sie.

Haldensleben, 17. Oktober

Kaum zurück in meinem Münchner Büro rief ich die Nummer von Herrn Spinner an: »Piep. Die gewählte Nummer ist nicht vergeben. Piep. …«, kam es stereotyp zurück.

Etwas ratlos suchte ich im Internet die Nummer der Stadtverwaltung. Für das Melderegister sollte ich +49 3904 479 154 wählen.

Auch hier war eine freundliche, aber bestimmte Dame am Telefon, die kategorisch erklärte, dass in Haldenslebens, so weit der Eintrag reicht, also zurück bis zum Jahr 2007, kein Spinner – sie lachte kurz auf – also kein Mensch mit dem Namen in Haldensleben gemeldet war. »Sonst müsste ich ins Archiv, aber das geht erst am Mittwoch!«

»Gibt es denn wenigstens die Adresse *Süplinger Straße 6*?«

»Also die Süplinger-Straße gibts tatsächlich. Wie war die Nummer?«

»Sechs.«

»Die sechs, da ist, meine ich, das Autohaus, der Kinnemann. Ich schau mal. Hier hängt ja der Wandkalender – ja, Süplinger Straße 6, Autohaus Kinnemann.«

Ich bedankte mich etwas ratlos und hörte noch ein »Nicht dafür! Tschüs!«

Sollte diese heiße Spur so spurlos verglühen? In Haldensleben? Einem Kaff hinter Magdeburg. Also von München aus gesehen. Ich musste dahin.

Die Bahnauskunft war nicht unangenehm. Sechs Stunden hin, sechs zurück. Umsteigen in Leipzig und Magdeburg. Das war an einem Tag zu schaffen.

Ich entschied mich für den Dienstag. Auf geht's!

Das Autohaus in Haldensleben war nicht zu übersehen.

Breite Glasfronten, dahinter Auto an Auto. Der Herr am Empfang schaute etwas ratlos auf meine Frage nach Herrn Spinner. Noch ratloser wurde er, als ich ihm das Foto mit Autonummer zeigte.

»Da muss ich die Chefin rufen. Die weiß alles.« Er griff zum Telefon und erklärte die Lage.

Kurze Zeit später erschien eine freundlich lächelnde Dame. Sie reichte mir die Hand: »Dietlind Kinnemann. Was kann ich für Sie tun?«

Ich erklärte meine Funktion und meinen Auftrag.

»Aus München«, rief sie erfreut. »Da war ich erst mit meinem Mann auf dem Oktoberfest.«

»Da waren Sie ja nicht allein«, sagte ich matt.

Sie lachte. »Ganz und gar nicht. Eine Stimmung war das. Wahnsinn. Die Bayern können wirklich feiern.«

»Na ja, ich bin froh, wenn mein Beruf mich immer mal wieder nach Norddeutschland führt.«

»Da haben Sie recht. Hier ist ja auch schön. Waren Sie schon auf Schloss Hundisburg?«

»Ich bin direkt vom Bahnhof hierher und muss auch um drei wieder zum Zug.

»Ach, gar nicht mit dem Auto? Ja, dann…«

Ich ließ das so stehen und fragte zunächst nach einem Herrn Spinner, der hier gemeldet sein soll.

Fragender Blick: »Spinner, Spinner – wie …?« Sie wischte mit der Hand vor ihrer Stirn.

Ich nickte: »Wie der Spinner.«

Sie schüttelte den Kopf. »Also das wüsste ich. Nie gehört den Namen.« Nochmal Kopfschütteln. »Spinner!«

Ich zeigte ihr das Foto mit dem Nummernschild. Die Reaktion war erstaunlich: Sie nahm mein Handy und wiederholte laut: »LW 2. Die Nummer kenn ich sehr gut. Sie wurde uns vor vielen Jahren gestohlen. Wo haben Sie die denn her? Warten Sie. Martin, wann wurden wir zum ersten Mal Dritter als 'Werkstatt des Jahres'?« wandte sie sich an den Herrn neben ihr.

Er überlegte kurz: »2005. In dem Jahr wurde ich konfirmiert.«

Sie war zufrieden. »2005. Da hören Sie es. In dem Jahr hat Haldensleben auch Gold beim Wettbewerb 'Unsere Stadt blüht auf' gewonnen. Ich erinnere mich, weil der Hof damals nicht einsehbar war. Überall standen große Töpfe mit Oleanderbüschen. Deshalb blieben die Diebe auch ungesehen. Das sind zwölf Jahre. Die Nummernschilder von unserm Toyota – einfach weg. War eine Riesensache damals. Bis Gras drüber gewachsen war. Jetzt sagen Sie aber, wie Sie an die Schilder gekommen sind?«

»Sie wurden von einer Überwachungskamera auf einem Campingplatz in Kroatien aufgenommen! Wie man sieht, haben der oder die Diebe auch diesmal einen Toyota benutzt.«

»In Kroatien? Ja, wie kommen die denn da hin?«

Ich zuckte die Achseln: »Zugelassen auf einen Ulrich Spinner aus Haldensleben. Süplinger Straße 6.«

»Unglaublich. So ein Spinner.«

»Wohl eher ein raffinierter Verbrecher. Es geht um Mordverdacht. Und er führt uns ganz schön an der Nase herum.«

»Um Gottes willen. Unglaublich.« Doch bevor sie in gruselige Bilder abgleiten konnte, setzte sich die resolute Geschäftsfrau durch: »Aber wir haben nichts damit zu tun. Rein gar nichts. Sie winkte zu ihrem Büro und gab mir die Hand. »Ich hör mein Telefon. Also gute Heimfahrt und Tschüs!«

»Tschüs, Frau Kinnemann und vielen Dank.«

»Nicht dafür!«, hörte ich noch, dann war ich mit Martin allein.

Im Zug nach Magdeburg zog ich eine traurige Bilanz meiner bisherigen Ermittlungen. Immer, wenn ich glaubte, ein Fadenende zu haben, das wie eine Reißleine den ganzen Fall öffnet, war es mir wieder entwischt.

München, 12. November

Dann überschlugen sich die Ereignisse: Heute früh bekam ich eine Mail von Caro mit der Kopie einer Urkunde

Im Begleittext schrieb sie: »Lieber Larry – diese Urkunde

und das Foto fand ich jetzt in einem Buch mit dem Titel 'Mannheim, Madrid, Moskau. *Erlebtes aus drei Jahrzehnten'* von einem Heinz Hoffmann. Mein Vater hatte es hinter einer Enzyklopädie versteckt. Oder ist es gerutscht? Vielleicht sind es wirklich Zeugnisse aus seinem Leben? Hieß er Martin Blackert? Vielleicht kommst du damit weiter? Ich denke oft an Dich! Kuss, Caro.« Das waren ja wirklich zwei ganz wertvolle Fundstücke. Es sollte aber noch besser kommen.

Unterföhring, 15. November

Die Sendung. 'XY ... *ungelöst'* wird in einem Vorort von München produziert. Sie war ja im Laufe der Jahrzehnte von Reality-TV über Kult zur Routine mutiert. Diesmal hieß es 'XY ... gelöst' und der Moderator sollte mit einer Kriminalistin die Erfolge vorstellen.

Bevor die Filme abgespielt wurden, bat er aber die Zuschauer »außerplanmäßig«, wie er betonte, um Mithilfe: »Es geht um die Identifizierung einer Person, die offenbar im Umfeld der Stasi tätig war. Bekannt ist lediglich der Spitzname 'Blacky'. Die näheren Umstände des Falls sind noch völlig unklar und auch ungewöhnlich. Deshalb möchten die Ermittler auch zunächst keine weiteren Angaben machen. Bitte melden sie sich also, wenn sie im Zusammenhang mit der Stasi irgendwelche Angaben zu einem Blacky machen können. Die Hotline wird hier eingeblendet und ist bis 23 Uhr geschaltet. Sollte ihnen später etwas einfallen, können sie auf jeder Polizeidienststelle ihre Aussage machen. Also Stasi und Blacky – kommt da etwas in ihrer Erinnerung? Jetzt aber zu drei Fällen, die mit ihrer Mithilfe gelöst wurden...«

Ich saß mit einem Redakteur in einer Kabine mit Fenster zum Studio. Beide hatten wir Kopfhörer. Wir haben sie aufgesetzt, als uns rotes Blinklicht zeigte, dass ein Anruf zu unserem Fall hereinkam.

Die ersten drei Meldungen waren völlig wertlos. So nach dem Motto: »Ich kannte mal einen, der einen kannte, dessen Name ich aber nicht mehr weiß. Er könnte Blacky genannt worden sein.«

Ganz absurd war der Hinweis eines 'älteren Herrn', wie er

sich selbst nannte, aus *Kriftel* im Taunus. Er erzählte lang und breit, dass Blackie der Spitzname einer E-Gitarre sei, die Anfang der 70er-Jahre von dem englischen Gitarristen Eric Clapton aus drei verschiedenen Einzelinstrumenten zusammengesetzt worden sei. Dann kam er zur Sache: «Wie sie vielleicht wissen, wurde diese Gitarre am 24. Juni 2004 durch das Auktionshaus Christie's versteigert. Sie erzielte damals den Rekordpreis von 959.500 US-Dollar.« Er machte eine Pause. »Und – klingelt da etwas?«

Wir wussten natürlich nichts und es klingelte auch nichts.

Jetzt schnaufte er los: »Blackie. Für diese irre Summe. Und niemand weiß, wer sie gezahlt hat. Es könnte doch gut sein, dass die Stasi, deren Vermögen ja auch verschwunden ist, den Kauf als Geldwäsche genutzt hat. Zählen sie mal eins und eins zusammen.«

Etwas lahm beendeten wir das Gespräch. »Das machen wir gern. Und wir danken ihnen für diesen interessanten Hinweis. Bleiben sie dran!«

Mann, Mann – das konnte noch heiter werden.

Wurde es aber nicht, denn die Leitung blieb lange tot. Ich ordnete den Abend schon als Misserfolg ein.

Dann endlich – es war kurz nach 22 Uhr – meldete sich ein »Klaus – Nachname tut nichts zur Sache« – aus Harbke bei Schöningen. Das kennen sie vielleicht von den Speeren?«.

»Speere?«

»Ja, also hier wurden in den Neunzigerjahren die ältesten erhaltenen Jagdwaffen der Menschheit gefunden. So richtig aus der Steinzeit. Die Speere natürlich aus Holz. Ist heute ein Museum. Sehr interessant. Aber was ich sagen wollte: Ich weiß nicht, ob es ihnen weiterhilft? Aber -« Er hustete. »Tschuldigung, aber ich bin 78!«

»Macht ja nichts«, beruhigte ich ihn. »Wir haben alle Zeit der Welt.«

»Hab auch erst von meiner Schwägerin von der Sache erfahren. Die guckt die Sendung immer.«

»Sehr schön. So Leute brauchen wir.«

»Ja, also damals, also vor der Wende, gab es hier im Bezirk, im ehemaligen Stasibezirk Magdeburg einen ganz scharfen Hund. Offiziell war er für die Telefonanlagen und den Betriebsfunk zuständig. Wir haben aber schnell gemerkt, dass er OibE war, also Offiziere im besonderen Einsatz. Der hat jeden ans Messer geliefert, der verdächtig wurde. Jeden. Es gab mehrmals Grenzzwischenfälle, wo Flüchtlinge aufflogen -« Er hustete wieder. Schließlich fuhr er fort: »Auch Todesfälle. Naja, das ist ein langes Kapitel. Also, jedenfalls hieß dieser Kerl, dieser Drecksack, bürgerlich Martin Blackert und wir nannten ihn nur 'Blacky'. Er mochte das gar nicht.«

Er sprach das a aber offen aus, also nicht Bläcky. Doch ich wagte es kaum zu glauben. »Es gab also einen Stasimitarbeiter, der Blacky genannt wurde?«

»Nicht Bläcky, wie die Amis, Blacky. Deutsch! Wir waren in der DDR.«

»Blacky!« wiederholte ich.

»Genau!«

»Das passt ja genau in das Bild, das wir suchen. Und dieser Herr..."

»Blackert, Martin Blackert.«

»... war in Harbke tätig?«

»Genau!«

»Wissen Sie, was aus ihm geworden ist?«

»Eben nicht. Er ist kurz vor der Wende verschwunden. Wir dachten, er sei rechtzeitig rübergemacht - unter Mitnahme der Parteikasse. Hahaha...«

»Hat er ja vielleicht«, führte ich den Scherz fort. »Haben Sie nie mehr von ihm gehört?«

»Nie. Wie vom Erdboden verschluckt. In den Wendejahren verschüttgegangen. Was ist denn nun mit ihm?«

»Ich kann ihnen heute nur sagen, wenn es wirklich Martin

Blackert ist, ist er tot.«

»Wie?«

»Wir haben einen Leichnam, von dem wir nur wissen, dass er zu Lebzeiten Blacky genannt wurde. Der Name, unter dem er zuletzt lebte, war falsch.«

»Das ist ja ein Ding.«

»Wir hoffen, dass uns ihr Hinweis jetzt weiterbringt. Jedenfalls bedanken wir uns ganz herzlich für ihre Mitarbeit.«

»Keine Ursache. Man hilft ja gern.«

»Ihre Nummer ist registriert, wir melden uns, wenn es etwas Neues in diesem Fall gibt. Gute Nacht!«

Ich drückte die 'Ende'-Taste und nahm die Kopfhörer ab. Draußen verabschiedete sich auch Rudi Cerne gerade. Nachdem er sich beim Team bedankt hatte, kam er zu uns.

»Na, wie ist es gelaufen?«

Mein Gegenüber hob beide Daumen und sagte: »Wenn das kein Erfolg war, dann wechsle ich den Beruf.« Ich nickte. »Martin Blackert. Jetzt muss die Stasibehörde ran.«

»Sie haben wirklich einen Namen?«

»Einen echten OibE, also einen Offizier im besonderen Einsatz. Wurde uns als 'Drecksack' geschildert.«

»Passt ja herrlich!«

»Und wissen Sie, was das Schönste ist? - Einer meiner Zeugen ist dort aufgewachsen.«

»Na denn: Waidmannsheil.«

München, 16. November

Ich konnte es kaum erwarten. Um acht war ich im Büro. Um halb neun griff ich zum Hörer und rief Eike Wilmanns an. Diesmal gleich auf seinem Handy. Es ging ganz flott.

»Guten Morgen. Erinnern Sie sich? Lars Urbach. Ich recherchiere im Fall Blacky in Kroatien.«

»Klar erinnere mich. Der Mann mit der BMW. Guten Morgen.«

»Wir müssen reden. Ich habe Neuigkeiten.«

»Gute Neuigkeiten?«

»Jedenfalls überraschende.«

»Wollen Sie wieder nach Lützen kommen?«

»Wann?«

»Nächsten Dienstag um 13 Uhr?«

»Ich bin da!«

Lützen, 21. November

Diesmal nahm ich den Flieger nach Leipzig und dort einen Mietwagen. Unterwegs überlegte ich, ob ich irgendwelche Sicherheitsvorkehrungen treffen musste. Immerhin wollte ich – nach meiner Einschätzung – einen Mörder überführen.

Ich kam zu dem Schluss, dass mich, im Falle eines Falles, die Öffentlichkeit schützen würde.

Wir landeten pünktlich um zwölf. Das Navi zeigte eine Fahrzeit von 23 Minuten. Passt ja toll.

Diesmal saß er bereits im Lokal, hinten links im Eck.

Er stand auf und gab mir die Hand. Ich versuchte, seinen Gemütszustand zu ergründen. Er wirkte ruhig, aber reserviert. »Diesmal ohne Motorrad, wie man sieht.«

»Diesmal mit Flieger und Mietwagen«, bestätigte ich. »Klappte prima.«

»Und Sie haben Blacky enttarnt?«

Es durchzuckte mich. Hatte ich ihm beim letzten Mal von dem Text auf der Leiche erzählt?

»Ziemlich sicher. Er wurde aber nicht englisch, sondern deutsch ausgesprochen. In Wirklichkeit hieß er Blackert. Aber das wussten Sie ja.«

»Ach ja?« Er schwieg. Die Bedienung kam und wir bestellten Thüringer Bratwurst und dazu wieder die *Schneider Weisse*.

Schließlich redete ich: »Ich sage mal, was ich glaube: Sie und Frau Landgraf unternahmen die Reise mit zwei Autos. Das eine kam legal aus Halle. Und das andere mit gefälschtem Nummernschild aus Haldensleben. Der Plan war fast gut. Aber Sie hätten mit dem eigenen Wagen am Tag vorher das Camp verlassen müssen. Dann hätten Sie ein perfektes Alibi gehabt und wären gar nicht auf unsere Liste gekommen. Was sagen Sie dazu?«

Er schwieg noch einen Moment. Dann begann er: »Ganz schön recherchiert. Gratulation. Aber ganz so war es nicht. Wir wussten zwar von der Hinrichtung, aber nicht, wer der Henker – um im Bild zu bleiben – war. Man fragte uns, ob wir einverstanden wären und uns beteiligen würden. Zumindest finanziell. Wir stimmten zu.«

»Dem Mord oder der Hinrichtung, wie Sie es nennen?«

»Am besten, ich beginne von vorne.«

»Gute Idee!«

»Ich muss ausholen, damit es verständlich wird.«

»Ich habe alle Zeit der Welt.«

»Jetzt nicht so gönnerhaft«, wies er mich zurecht.«

»Entschuldigung. Ich wollte sie nur nicht aus ihren Gedanken bringen.«

Ich zog mein Handy heraus. »Darf ich unser Gespräch aufnehmen?«

Er nickte. »Also Harbke. Rund um Harbke im Helmstedter Braunkohle-Revier verlief die Zonengrenze. Dummerweise über zwei mächtige Flöze, die deshalb nicht abgebaut werden konnten. Als die DDR immer dringender die Kohle brauchte, trafen sich unter strengster Geheimhaltung Vertreter der *Braunschweiger Kohlen-Bergwerke* und der 'VEB Braunkohlengruben Harbke', um einen Vertrag auszuhandeln.

Es wurde exakt festgelegt, in welchem Gebiet die ostdeutschen und die westdeutschen Firmen Braunkohle fördern durften. Ohne auf die Staatsgrenze achten zu müssen. Diese wurden durch einen Metallgitterzaun voneinander abgetrennt. Über die Strecke verteilt, gab es vier Türen für den Austausch von Material. Für die westdeutsche Seite wurden die Schlüssel für die Türen vom Bundesgrenzschutz verwaltet. Bei uns war es natürlich die Stasi.

Zum schriftlichen Vertrag wurde mündlich vereinbart, die ganze Tauschaktion strikt geheim zu halten. Kein Sterbenswörtchen sollte über die heimliche kleine Wiedervereinigung südlich von Helmstedt bekannt werden.

Mein Vater, der ja oft die Tore passieren musste, um zu verhandeln, hatte zu zwei Kollegen im Westen Vertrauen gefasst und mit ihnen Fluchtpläne ersonnen. Als er nun merkte, dass 1986 die Lager ausgekohlt waren und wieder eine richtige Grenzsicherungsanlage errichtet werden sollte, beschloss er mit Freunden die Flucht.«

Ich unterbrach. »Da kommt die Wurst. Essen wir erst mal.«

Schweigend, auf den Teller blickend, nahmen wir Bissen für Bissen zu uns, bis wir der Serviererin winken konnten.

Nachdem die Teller abgeräumt und zwei neue Weisse in Arbeit waren, sagte ich: »So jetzt reinen Tisch!«

Er legte die Serviette beiseite und begann wieder:

Die Nacht zum 2. November 1986.

»Es war ein Samstag. Neumond. Stockfinster.« Er redete, als hätte er den Text auswendig gelernt. »Wir waren drei Familien. Fünf Erwachsene und sieben Kinder. Ich war 16. Der älteste Junge.« Er zögerte. »Ellen Landgraf war mit 12 das älteste Mädchen. Ihr Vater sollte am Schluss gehen.«

»Ihr Vater vermutlich voran?«

Er nickte.

»Der Plan war, nicht über die Treppen, sondern schräg zur Abbaukante nach unten zu klettern. Auf der Talsohle stand ein riesiger Schaufelradbagger. In seinem Schutz wollten wir die Abraumfläche überqueren. Auf der Talsohle dann nicht zum streng gesicherten Zaun mit seinem verlockenden Tor, sondern weiter nördlich zu einem Abflussrohr, das Pumpwasser unter dem Grenzzaun hindurch vom Westen in einen Speichersee im Osten führte. Vor und hinter dem Rohr floss das Wasser in einem offenen Graben. Das Rohr selbst hatte etwa einen Durchmesser von 70 Zentimeter. Wenn es trocken lag, konnte in Mensch durch kriechen.

Es war nun vereinbart, dass die Freunde im Westen in dieser Nacht die Pumpen abstellten, sodass wir relativ einfach in die Freiheit krabbeln konnten. Mitten im Rohr waren nur zwei Eisenstäbe montiert, die mit zwei Akku-Winkelschleifer ziemlich rasch entfernt werden konnten.

Ellens Vater sollte mit einer dicken Decke das Rohr hinter uns abdecken, damit wenig Geräusch nach draußen dringt. So war der Plan.«

Er schwieg, holte tief Luft und schnaubte dann aus: »Es kam nicht so weit.«

Endlich sprach er weiter: »Kaum hatte mein Vater den

Rand des Kraters betreten, gingen überall die Scheinwerfer an. Mein Vater im ersten Schreck sprang zur Seite, verlor den Halt und stürzte die schräge Abbaufläche hinunter. Hinter sich Kohlenstaub und Sand aufwirbelnd, der ihm wie eine Lawine folgte und ihn schließlich auf der Talsohle unter sich begrub.

Wir standen alle wie erstarrt.

Unten tauchten immer mehr Grenzsoldaten auf. Und hinter uns hörten wir plötzlich den Befehl: ‚Keiner rührt sich von der Stelle!'. Meine Mutter schrie: ‚Helft ihm doch! Helfen sie meinem Mann!. Die beiden Kleinsten brüllten. Dann waren wir von Grenzern umringt. Einer höhnte: ‚Na, für einen Mondspaziergang ist es doch ganz schön dunkel. Da wollen wir euch Nachtgesindel mal heimleuchten. Abmarsch!'

Heute weiß ich aus den Stasi-Unterlagen, dass einer der ‚Freunde' im Westen ein Spitzel war. Ein gewisser Erich Blomberg. Er muss dutzende Fluchtwillige verraten haben. In den Akten wird festgehalten, dass sich Blomberg über die Festnahmen der Fluchthelfer und Flüchtlinge freute. Er wollte dem Sozialismus zum Sieg verhelfen,

Auf Grund seiner Verdienste erhielt er den Rang eines GM, eines Geheimen Mitarbeiters der Stasi. Bei jedem Treff mit seinem Führungsoffizier bekam er 100,- DM, nach dem Abschluss einer Aktion eine Sonderprämie.

Wir wollten Anzeige gegen ihn erstatten. Die Klage wurde aber von der Staatsanwaltschaft abgewiesen, weil alle Taten längst verjährt seien. Auch eine Dienstaufsichtsbeschwerde gegen diesen Staatsanwalt hatte keinen Erfolg.

Blomberg starb am 2. August 2008 in Berlin. Begraben ist er laut Akten in Griechenland.

Verantwortlich für die Falle, die man uns gestellt hat, war ein gewisser Stasioberst Martin Blackert. Der Plan war von Anfang an zum Scheitern verurteilt.«

Die Biere kamen. Sie waren auch nötig.

Nach einem tiefen Schluck kamen wir zurück in die Gegenwart. Eike Wilmanns schaute mich an. »Ab jetzt muss ich auch spekulieren.«

»Ich höre nur zu.«

»Eines Tages, vor gut zwei Jahren, riefen sie an. Offenbar eine Handvoll entschlossene Rächer, die DDR-Unrecht sühnen wollen, nahmen Kontakt mit uns auf. Telefonisch. Ich kenne keine Namen, keine Anschrift. Sie kommunizieren nur über Handy und verschlüsselte Mails. Meine Recherchen in Sachen Blacky sei ihnen aufgefallen. Wo mein Problem sei? Ich erzählte unsere Geschichte von der misslungenen Flucht.

Sie wussten sofort, dass der Stasi-Offizier Blackert damit zu tun hatte. »Den haben wir schon im Fadenkreuz, aber noch nicht gefunden. Wir sind dran. Geben Sie uns mal ihre Mailadresse. Oder schicken Sie eine Mail an die-gerechten@hotmail.com.«

Ich bekam postwendend Antwort. *Wir schaffen das* stand da nur und ihr Wappen. Im letzten April bekam ich dann die Nachricht von der geplanten Enttarnung an Pfingsten in Punat. Natürlich wollte ich dabei sein, bekam aber nur die Meldung vom Vollzug. Hier habe ich sie ausgedruckt.

Das können Sie ihrer Mandantin mitbringen. Als Beweis.«

Ich legte das Blatt vor mich. Wir schwiegen eine ganze Zeit.

—— Weitergeleitete Nachricht ——
Betreff: Blacky
Datum:Sun, 04. June 2017 04:11:59
Von:no-reply@hotmail.com
An:<cike.wilmann@gmx.de>

Es ist vollbracht. Blacky fand heute Nacht seine gerechte Strafe.
Wir kriegen sie alle ...

Bitte denken Sie an die Umwelt. Müssen Sie diese E-Mail ausdrucken?

Endlich fragte er: »Werden Sie mich jetzt verhaften?«

»Um Gottes Willen, nein. Ich bin weder Polizist, noch habe ich Vollmachten. Ich werde in aller Ruhe meiner Mandantin berichten und dann nach Hause gehen.«

»Was werden Sie ihr empfehlen?«

Ich schaute ihn an: »Die Sache als erledigt zu betrachten. Peter Weiss alias Martin Blackert alias Blacky war nach objektiven Maßstäben ein Verbrecher. Was soll ich ihnen und all den andern Opfern vorwerfen? Beihilfe durch Verschweigen? Vertuschen einer Straftat? Da gibt es Schlimmeres. Wissen Sie übrigens, ob noch andere Opfer des Stasimannes am Tatort waren?«

»Keine Ahnung. Ellen Landgraf natürlich. Sie gehörte ja zu unserer Fluchtgruppe und wir hatten immer Kontakt.«

»Und warum sollte ihre Frau nichts davon wissen?«

»Ich wollte sie unbedingt raushalten. Falls die Sache aufflog, sollte sie eine ehrliche Nichtwisserin sein.«

»Also, wenn es nach mir geht, fliegt nichts weiter auf. Es ist zwar Unrecht geschehen, aber ein Stück Gerechtigkeit hergestellt worden. Damit Sie mich nicht falsch verstehen: Ich bin kein Freund von Selbstjustiz. Aber hier hatte die Justiz eine Chance, die Sache selbst zu verfolgen. Sie hat es nicht getan. Sie verfolgt nicht mal jetzt den Mord an ihm.«

Ich stand auf und reichte Eike Wilmanns die Hand: »Im November 1632 tobte hier die Schlacht bei Lützen. Im November 2017 schließen wir beide hier ein Stillhalteabkommen.«

»Einen Nichtangriffspakt.«

München, 21. November 2017

Abends im Büro rief ich Caro an. Ich erklärte ihr, dass ich den Fall ziemlich gelöst hätte und dass ich am Freitag, also am 24., gern nach Zagreb komme, um mit ihr alles zu besprechen.

»Ich nehme den Tagzug, bin kurz nach siebzehn Uhr in Zagreb und fahre mit dem Nachtzug zurück.«

»Das geht nicht!«, sagte sie zu meiner Verblüffung mit großer Entschiedenheit. Fuhr aber gleich mit bezauberndem Ton fort: »Ab 2. Dezember ist hier großer Weihnachtsmarkt. Die ganze Stadt ist im Lichterglanz. Es ist wie im Himmel. Du wirst sehen. Komm am Sonntag, also am 3. Ich hole dich ab. Du fährst erst nächsten Morgen. Es wird herrlich und wir feiern.«

Ohne zu zögern, sagte ich : »Einverstanden!«

Im RJ 111 am 3. Dezember 2017

Der Zug verließ auf die Minute pünktlich den Münchner Hauptbahnhof. Ich machte es mir im Kurswagen nach Zagreb gemütlich. Noch war mein Abteil leer. Die Landschaft draußen war trüb und dünn verschneit.

Ich nahm mir die Wochenendausgabe der *Süddeutschen* vor. Hinter Rosenheim riss ein Mann im grauen Mantel und mit grauem Hut die Tür auf:

»Ist hier frei?«

Ich hatte kaum aufgeblickt, da schob er die Tür schon wieder zu und ging weiter. Ob ich oder meine Lektüre ihm nicht gefallen hatte, blieb offen.

In Villach wurde unser Wagen umgehängt. Nach den Tauern ging es durch die Karawanken nach Slowenien. Auch diese Bergketten hatten noch wenig Schnee. Noch! Denn vierzehn Tage später war hier Sturm und Schneechaos.

In Ljubljana stieg die Grenzpolizei zu, denn wir verließen hinter der Grenzstation *Dobova* den Schengen-Raum. Erst die Slowenen, in *Dobova* dann die Kroaten. Ich registrierte keine besonderen Vorkommnisse und wandte mich wieder meinen Aufzeichnungen zu – die *Süddeutsche* war längst ausgelesen. In einer halben Stunde sollten wir in Zagreb sein.

Plötzlich ging die Abteiltür auf und vor mir stand Caro. Strahlend vor Freude über diese Überraschung. Sie trug einen gesteppten Daunen-Mantel und eine bunte Strickmütze. Ich konnte nur die Arme öffnen und sie an mich drücken. Auch durch die dicke Hülle glaubte ich, die *good Vibrations* zu spüren.

Draußen war es bereits dunkel geworden. Das helle Abteil spiegelte sich in der Türscheibe. Ich konnte ihre Rückseite sehen. Und in diesem Moment tauchte hinter ihrem transparenten Abbild der Herr in Grau auf. Derselbe, der in Deutschland schon in mein Abteil geblickt hat. Er schaute kurz auf die Szene und ging weiter. Ich beachtete ihn nicht und sah Caro an.

»Tolle Überraschung. Ist dir wirklich gelungen.«

»Ja, ist nur eine halbe Stunde. Auto steht hier, morgen fahre ich mit dir bis *Dobova* zurück. Ich habe große Plan. Erst ins Hotel. Zimmer gucken und frisch machen. Dann gehen wir über Weihnachtsmarkt und essen. Willst du mehr mediterran oder mehr kroatisch?«

»Ich habe guten Hunger. Wahrscheinlich kroatisch.«

»Dann gehen wir ins *Pri Zvoncu*. Sehr gutt!«

Als ich anfing, von meinen Recherchen zu berichten, legte sie mir den Finger auf den Mund. »Nachher. Erst genießen.«

Bis Zagreb genoss ich also ihr fröhliches Geplauder. Fast pünktlich fuhren wir dort ein. Der Eindruck vor dem Bahnhof war wirklich überwältigend. Ein glitzerndes, blinkendes Lichtermeer aus tausenden LED-Lampen, verteilt über Fassaden, Bäume, Tiergestalten. Dazwischen Eisbahnen mit fröhlich gleitenden Menschen und Buden, wie wir sie auch in Deutschland kennen. Aber diese Masse und diese Stimmung sind in der Münchner Fußgängerzone nicht herzustellen.

»Gehen wir nachher«, sagte Caro. Sie führte mich ins ESPLANADE, das praktisch um die Ecke residierte. Ein Hotel aus der guten, alten k.u.k.-Zeit, als Zagreb noch Agram hieß. Caro ging zum Empfang und verlangte Zimmer 224. Der Schlüssel wurde ihr sofort ausgehändigt. Als sie wieder strahlend auf mich zukam, sah ich den grauen Herrn zum Empfang gehen. Zufälle gibt´s, dachte ich nur.

»Habe schon alles gebucht«, sagte sie schelmisch und hakte sich bei mir unter. »All inklusive!«

Das Zimmer war angenehm groß, aber – wie das gesamte Ambiente – etwas überladen. Vom Fenster konnte man noch einmal die herrliche Szenerie draußen überblicken. Der Schallschutz war tadellos. Ich hörte nur leises Geraschel. Es kam aber aus dem Raum hinter mir. Mehr konnte ich von der Umwelt nicht mehr registrieren, denn Caro zog mir die Steppjacke aus und drückte mich sanft zum Bett. Sie war bereits im Hemdchen und warf uns gekonnt in die weichen Kissen ...

»All inklusive!«, sagte ich nur.

Nach einer guten Stunde waren wir wieder unten und stürzten uns gut gelaunt ins Gewühl. Mein Hunger allerdings wuchs permanent. Trotzdem verkniff ich mir eine schnelle Portion Pommes mit Pljeskavica. Caro schwärmte mir immer vom *Pri Zvoncu* vor.

»Da ist Essen sehr gutt.«

Endlich nahmen wir ein Taxi und gegen neun Uhr abends konnte ich meine Bestellung aufgeben. Ich erinnere mich an Spargelsuppe, gegrilltes Schweinefilet, Tiramisu ...

Das *Pri Zvoncu* war wirklich gemütlich. Und wegen des Rummels im Zentrum auch relativ leer. Wir fanden ein ruhiges Plätzchen. Und ich konnte ungestört meine Geschichte zu Ende erzählen. Das heißt: Vom Leben und Sterben des Peter Weiss.

Als ich beim letzten Gespräch mit Eike Wilmanns angekommen war, schwieg Caro lange. Sie löffelte noch an ihrem Tiramisu. Endlich legte sie ihren Löffel beiseite und fragte: »War also mein Vater ein böser Mann?«

Ich überlegte. Schließlich sagte ich: »Das kommt auf den Blickwinkel an. Seine Vorgesetzten und er selbst dachten sicher, er sei ein guter Mann. Objektiv gesehen, ist jemand, der andere ersticken lässt, der andere willkürlich der Freiheit beraubt, nur, weil sie vielleicht anders denken, ein böser Mann.«

»Kann man heute überhaupt objektiv sein?«

»Gute Frage. Kennst du den Kant'schen Imperativ?«

Sie lachte: »Das war mein Thema im Abitur. Deutsche Geistesgeschichte: Hat der Kategorische Imperativ heute noch eine Bedeutung?«

»Und? Hat er?«

»Ich habe damals ja gesagt. Heute würde ich es einschränken. Es ist ja eine Frage der Moral. Und Moral ist doch sehr abhängig von Bildung und Erziehung. Die katholische Moral ist doch anders als die islamische.« Sie fuhr jetzt mit dem Finger heftig über die Tischdecke. Als ob sie schreiben würde. »Und weil wir heute so — wie sagt man? - so global sind, so vermischt, hat Kant seine Bedeutung verloren.«

»Glaubst du nicht, dass es Grundrechte gibt, auf die alle Menschen Anspruch haben?«

»Wir glauben das. Aber ein Herrscher aus dem Orient kann niemals glauben, dass eine Frau ihm gleicht. Das hat er mit der Mutterbrust gezeugt:«

»Gesäugt.«

»Wie?«

»Du wolltest sagen gesäugt, aufgesogen.«

»Ja klar, entschuldige.«

»Nein, du argumentierst ganz prima. Ich muss nachdenken. Dein Vater war also nach unserer Sicht ein böser Mann. Weil die Meinungs- und Bewegungsfreiheit für uns ein hohes Menschenrecht ist. Was ist aber mit den Leuten, die ihn hingerichtet haben? Sie nennen sich selbst ›Die Gerechten‹.«

»Siehst du. Für uns haben sie gerecht gemacht. Das ist alte Bibel. Auge um Auge, Zahn um Zahn. Das ist Rache. Für Kant nicht. Sie hätten ihn einem Richter geben müssen. Der hätte gerecht gemacht.«

»In Deutschland haben sie die Frage wegen Hitler lange diskutiert. Darf ein Christ gegen das Gebot 'Du sollst nicht töten' verstoßen?«

»Und? Wie war Ergebnis?«

»In diesem konkreten Fall wurde meistens mit JA gestimmt. Alle, die versucht haben, Hitler zu töten, wurden nach langer Diskussion rehabilitiert. Das beste wäre natürlich gewesen, wenn er, wie andere Naziverbrecher, von einem Tribunal mit seinen Verbrechen konfrontiert worden wäre – und dann verurteilt.«

»Vielleicht haben die Gerechten meinem Vater auch seine Taten vorge …, wie sagt man?«

»Vorgehalten oder vorgetragen oder vorgelegt.«

»Ja, alles.«

»Weißt du, wer Adolf Eichmann war?«

»War doch der Nazi. Oder?«

Ich nickte. »Er hat die Vernichtung von Millionen Juden organisiert. Israel hat ihn unbedingt vor Gericht stellen wollen. Deshalb haben sie ihn – nachdem er in Argentinien aufgespürt wurde – nicht einfach liquidiert, sondern entführt und tatsächlich in Israel vor Gericht gestellt. Der Geheimagent, der für die Aktion verantwortlich war, sagte später: Es ging nicht um Rache. Vielleicht könnte man von Vergeltung sprechen, weil Eichmann, der keine Gerechtigkeit gekannt hatte, nun Gerechtigkeit erfahren musste.«

Sie hob ihr Glas. »Ich danke dir. Trinken wir auf die Gerechtigkeit, die wohl auch Peter Weiss erfahren musste. Ich schließe die Akten in meinem Herzen.«

Wir tranken aus und fuhren ins Hotel zurück.

Im EN 40414, 4. Dezember 2017

Auf die Rückfahrt am Tag habe ich schnell verzichtet, als ich beim Nachtportier den Fahrplan studierte. Wir hätten um kurz nach sieben am Bahnhof sein müssen.

Also: Abfahrt am späten Nachmittag. Tage später stellte sich heraus, dass es dennoch ein kleiner Zeitgewinn war, dass Caro zunächst mit mir im Zug zu ihrem Auto in *Dobova* fuhr. So verwischte sie zunächst ihre Spur.

Davon wussten wir aber noch nichts.

Nach langer Umarmung trennten wir uns in Dobovar. Sie stieg aus und die slowenischen Zöllner stiegen ein.

Ich hatte jetzt Zeit bis morgens um fünf. Da hieß es in Innsbruck umsteigen.

Ich zog erst einmal mein Laptop heraus und ging in mein Mail-Programm. Viel hatte sich angesammelt. Wichtiges und Unwichtiges. Ein Absender fiel mir in der langen Liste besonders auf: *heredar.mahos@parquedelrecuerdo.cl*

Das schien aus Chile zu kommen. Ich zögerte zunächst, es aufzumachen. Zuerst schaute ich im Internet nach, was *heredar* und *parquedelrecuerdo bedeutet.* Es wurde immer geheimnisvoller. Das eine hieß *Erben*, das andere war der Name eines Friedhofs in *Santigo de Chile.*

Das interessierte mich jetzt doch. Es war ja tatsächlich an Lars Urbach adressiert. Ich öffnete und las:

```
Betr: Blackert
Werter Herr! Dank Ihrer TV-Sendung haben wir
endlich eine Spur, die uns zu dem Vaterlandsver-
raeter Blackert fuehrt. Eine Polizeistation in
Hessen gab uns freimuetig die Auskunft, dass Sie
den Fall bearbeiten. Sehr wahrscheinlich werden
Sie auf Gold stoßen. Viel Gold.
Maho's Erben sind die rechtmaessigen Besitzer
```

```
und werden alles tun, um das Gold wieder einzu-
treiben. Stueck fuer Stueck. Weitere Schritte
behalten wir uns nach weiteren Pruefungen vor.In
dem unerbittlichen Geiste und der felsenfeste
Treue, mit der Margot Honecker zu unserer Idee
und unserem Staat gestanden hat. Ueberall auf
der Welt, wo der Marxismus-Leninismus lebendig
ist. Bis zum Schluss.
Sollten Sie also zu einer Zusammenarbeit bereit
sein, wenden Sie sich an die obige Mail-Adresse.
Lassen Sie also die Polizei aus dem Spiel. An-
sonsten werden Sie von uns hoeren.
Taeuschen Sie sich nicht. Unsere Kundschafter
sind ueberall. Krieg oder Frieden - Sie haben
die Wahl!
Immer bereit!
Mahos Erben
```

Was war das denn? Ich las noch einmal. Es klang wie eine freundliche Drohung. Wie das Vorspiel zu einem Frontalangriff. Fehlerfreies Deutsch und doch aus Chile. Es waren offenbar Leute, die diesem *Blacky* auch hinterher spürten. Besonders aber seinem Gold.

Ich rief Tommy Bandmann an.

»Ich sitze im Zug nach München. Kurz hinter Ljubljana. Habe gerade eine Mail bekommen, die ich dir vorlesen möchte.«

»Was machst du denn in Ljubljana?«

»Alles später. Hör erst mal zu.« Ich las ihm die Botschaft vor.

Er schwieg lange.

»Bist du noch dran?«

»Klar. Ich denke nach. Klingt jedenfalls ernsthaft.«

»Und gefährlich.«

»Wann bist du in München?«

»Erst morgen früh. Gegen sechs.«

»Ich komme um sieben in dein Büro. Bringe zwei Butterbrezn mit. Du machst den Kaffee.«

»Prima. Der Zug -.« Dann wurden wir durch ein Tunnel getrennt. Ich hatte aber keine gute Fahrt mehr.

München, 5. Dezember

Tommy kam pünktlich. Er hatte herrlich frische Brezn mitgebracht. Unterm Kauen erzählte ich ihm von der Fahrt nach Zagreb.

Dann gingen wir rüber an meinen Schreibtisch. Ich hatte den Text ausgedruckt und las ihn noch einmal laut vor und reichte ihn Tommy rüber.

Er las ihn noch einmal sorgfältig, legte ihn dann vor sich auf den Tisch und sah mich an: »Dein erster Eindruck?«

»Scheint eine größere Gruppe zu sein. Mit internationalen Verbindungen. Hier sind jedenfalls Deutsche am Werk. Die Sprache ist bemüht sachlich. Soll professionell klingen. 'Behalten wir uns vor'. Sie reden auch von 'Polizei'. Normale Gangster hätten 'Bullen' geschrieben. Nach meiner Meinung wirklich Enttäuschte vom Niedergang der DDR oder zumindest des Kommunismus.«

»Margot Honecker ist da wirklich ein würdiger Pate. Sie hatte ja bis zum Tod ihre politischen Überzeugungen nie aufgegeben. Und genau wir ihr Mann konnte sie nie begreifen, warum 'ihre' Jugend nicht mehr in 'ihrem' Staat leben wollte. Für sie waren die Umwälzungen seit 1989 eine vom Westen gesteuerte Konterrevolution. Reue hat sie nie gezeigt. Sie sprach von 'Tragik, dass es die DDR nicht mehr gibt'.«

»Ich habe heute Nacht ein bisschen im Internet recherchiert. Im SPIEGEL fand ich einen Bericht zu ihrer Beerdigung. Ich lese mal vor::

Margot Honecker starb im Alter von 89 Jahren in Santiago de Chile. Die Beerdigung fand nun im engsten Familienkreis auf dem Friedhof "Parque del Recuerdo" statt. Der parkähnliche Friedhof liegt gut 20 Kilometer nördlich vom Stadtzentrum der chilenischen Hauptstadt entfernt. Auf der Webseite wirbt man damit, einer der besten Arbeitgeber in Chile zu sein. Die ehemalige Diktatorengattin war in ihren letzten Stunden nicht alleine. Ihre Tochter, eine Freundin und eine Krankenschwester waren wohl bei ihr.

Jetzt kommt ein Satz, der wichtig sein kann:

Unter den Trauergästen ist heute auch Roberto Yáñez Betancourt y Honecker, ein Enkel der Verstorbenen. Roberto wurde 1974 in Berlin geboren. Seine Mutter Sonja ist die Tochter von Margot und Erich Honecker, sein Vater der Chilene Leo Yáñez Betancourt. 1990 reiste man überstürzt nach Chile aus, danach verläuft Robertos Lebensweg im Zickzack. Er lebt inzwischen in der Wüste San Pedro de Atacama und arbeitet heute als Maler.«

Tommy sah mich an: »Da klingt nicht, als hätte er mit den sogenannten Erben zu tun.«

»Glaube ich auch. Also haben wir es hier eher mit Überzeugungstätern als mit professionellen Verbrechern zu tun?«

Bandmann nickte: »Heißt: Weniger kaltblütig. Weniger brutal. Aber eher zur Panik neigend. Fehleranfälliger. Unberechenbarer.«

»Macht die Sache nicht einfacher.«

»Sollen wir deine Mandantin warnen?«

»Ich würde sagen: nein. Noch ist ja alles sehr vage. Warum sie verunsichern. Ich schlage vor, eine kurze Mail an die Erben zu schicken.«

Bandmann war einverstanden und wir einigten uns auf folgenden Text:

```
Betr.: Blackert
Mahos Erben - wer auch immer sich so bezeichnet:
Ich habe die Nachricht erhalten und möchte mehr
erfahren. Und wenn Sie Fragen haben, wenden Sie
sich weiter an mich. Mit freundlichen Grüßen
Lars Urbach
```

München 11. Dezember 2017

Der Anruf kam gegen elf am Vormittag. Ich erkannte die Handynummer von Caro. Noch war ich bester Stimmung. Die aber verflog, als ich ihre Stimme hörte:

»Larry, sie haben mich!«

»Wie? Wer? Was ist passiert?«

»Kidnapping«, kam es zurück. »Sie wollen Geld.«

»Gold!«, hörte ich eine Männerstimme im Hintergrund.

»Sie wollen Gold.«

»Was ist passiert?«

»Als ich heute früh ins Auto stieg, sprangen zwei Männer mit hinein. Einer setzte sich neben mich, der andere hinten. Sie zeigten mir ihre Pistolen und sagten. ‚Fahr los!‘. Wir sind nach Norden gefahren. In die *Medvednica*. Das ist hier ein Erholungs-Areal. Am Stadtrand musste ich halten. Sie verbanden mir die Augen und ein anderer fuhr. Es ist ein alter Bunker mit Ofen. Vom Krieg.«

Wieder wurde sie von einer männlichen Stimme unterbrochen.

»Ich soll dir sagen -«

Ich unterbrach sie. »Sind deine Entführer Deutsche oder Kroaten?«

»Kroaten. Sie können kein Deutsch. Ich soll dir sagen, du hast fünf Tage Zeit. Bis Freitag sollst du fünfzigtausend Euro auftreiben. Sie sagen, Gold der DDR. Du bekommst Anruf.«

Wieder hörte ich eine Stimme.

»Er sagt Gold oder Tod.«

»Caro pass auf. Mach dein Handy an, so oft es geht. Damit man dich orten kann. Nachts schalte ab, um Akku zu sparen. Hast du verstanden?«

Es kam keine Antwort mehr.

Minutenlang saß ich reglos. Ein vertrauter Mensch in Lebensgefahr. Die schrecklichen Stunden fielen mir ein, als ich einmal auf ein Lebenszeichen meiner entführten Geliebten warten musste. Fünf Jahre ist das her. Hannah längst tot. Tommy Bandmann war damals an meiner Seite. Ich brauche ihn auch jetzt.

Er war an seinem Schreibtisch und meinte, ich soll sofort rüberkommen.

Wir gingen in ein Besprechungszimmer. Zwei Kollegen kamen noch hinzu. Tommy stellte sie vor. Ich war aber zunächst nicht fähig, mir die Namen zu merken. Erst im Laufe der Woche wusste ich dann, wer Klaus Schuster und Bernie Unterleitner heißt.

Ich schilderte die Situation.

Tommy Bandmann fasste zusammen: »Wir haben hier drei Aspekte: Eine Geisel in Kroatien. Ein Erpresser hier in München und fünfzigtausend Euro. Zu drei: Hast du die Larry?«

»Nein, nicht flüssig. Aber ich kann sie absichern, dafür bürgen. Wirklich kein Problem. Meine Mandantin hat geerbt.«

»Gut. Ich kümmere mich darum. Jetzt zu Kroatien. Wie sollen wir Verbindung aufnehmen?«

»Gerade kommt mir eine Idee: Ich habe eine Freundin beim LKA Hannover, die ist mit dem kroatischen Justizminister bekannt. Vielleicht kann der uns einen Kontaktmann stellen, der dort die Suche koordiniert.«

Tommy schob mir das Telefon rüber: »Ruf sie an.«

Conny war nicht am Platz. Es meldete sich die Zentrale. Als ich nach Kriminalrätin Böse-Lange fragte, huschte ein Grinsen über das Gesicht der beiden Neuen. Tommy blieb ernst.

Ich bat um Rückruf auf dieser Nummer und legte auf. »Sie ist noch in der Montagssitzung, wird aber sicher gleich zurückrufen.«

»Dann zur Geldübergabe«, ergriff Bandmann wieder das Wort. »Solange wie die Modalitäten nicht kennen, können wir wenig planen. Eins bleibt klar: Kein Zugriff bevor die Geisel in Sicherheit ist.« Wir nickten.

Ich war ruhiger geworden durch Bandmanns professionelles Vorgehen.

Das Telefon läutete. Conny war dran.

»Ach, du versteckst dich hinter dieser Nummer? Scheint ja was Ernstes zu sein?«

Ich erläuterte die Situation und fragte, ob ihr Bekannter helfen könnte?

»Du meinst diesen netten Minister, der dir schon einmal aus der Patsche geholfen hat?«, fragte sie boshaft zurück.

»Conny, bitte«, konnte ich nur antworten.

»Entschuldige. Du hast recht. Das war nicht nötig. Ich werde mein Glück versuchen. Ich rufe auf dein Handy zurück.«

»Lieber noch einmal auf diesem Apparat. Da können die Kollegen bequem mithören.«

»Auch gut. Jetzt ist Mittagszeit. Da erwische ich ihn vielleicht sofort.«

»Wäre toll.«

Bandmann schlug vor, dass wir auch Mittag machen und in die Kantine gehen. Trotz allem hatte ich Hunger. Ich wählte Kalbsragout mit Tomatengnochi.

Beim Essen fragte Bandmann, ob sich noch jemand an die Oetker-Entführung erinnern kann?

Einer der Kollegen meinte: »Da war etwas mit einer versteckten Tür im S-Bahnhof. Oder?«

Tommy lachte: »Versteckte Tür ist gut. Die Tür war schon ewig da. Grau und völlig unauffällig. Aber plötzlich weltberühmt. Und es fällt mir ein, weil wir auch jetzt auf so etwa vorbereitet sein müssen.«

»Erzähle«, bat ich und glaubte, mich dunkel zu erinnern.

»Das muss in den 70er-Jahren gewesen sein, als Richard Oetker entführt wurde. Sein Entführer war ein gewisser Dieter Zlof, der als Tauchlehrer, Barkeeper und auch als Illusionist gearbeitet hat. Er hatte alles genauestens geplant. Er zog sich zur Tat eine Schweinchen-Maske über und lauerte Oetker auf dem Parkplatz der Uni auf. Er gab sich als drogenabhängiger Student aus. Oetker musste in eine enge Holzkiste krabbeln. Die Kiste war genial präpariert: Bei lauten Hilferufen, löste sie Stromstöße aus, die den Körper des Gefangenen traktierten. Oetker wurde dabei schwer verletzt. Zlof informierte Oetkers Frau telefonisch von seiner Lösegeldforderung: 21 Millionen Mark. Und jetzt wird's lustig: Wie bei einer Schnitzeljagd lotste der Entführer Richard Oetkers Bruder August, der das Geld übergeben sollte, kreuz und quer durch München. Teilweise über Telefonate mit Oetkers Frau Marion, die dann erst wieder ihren Schwager informieren musste, teilweise mit Zettel-Botschaften, die etwa hinter einem Streuguthäuschen deponiert waren. Schließlich landete der Geldbote im Stachus-Untergeschoss: Als er dort an einer genau bezeichneten Stelle wartet und den Alu-Koffer abstellt, öffnet sich hinter ihm eine Stahltür, eine Hand greift zu, Koffer und Geld sind weg. Die Tür fällt zu, sie lässt sich von außen nicht öffnen. Das Spiel war aus.«

»Wirklich genial – muss man zugeben«, sagte ein Kollege.

Bandmann nickte: »Zlof hat unseren Zivilfahndern, die alles observiert hatten, einen Streich gespielt. Er hatte den Übergabeort genau ausgekundschaftet und verschwand über einen Versorgungsgang zu seinem Auto, das er auf einem Ladehof abgestellt hatte. Oetker kam tatsächlich frei. Die Millionen wurden erst Jahre später entdeckt – als der Euro drohte und Zlof das Geld umtauschen musste. Zum Glück bestand ein Großteil des Lösegelds aus registrierten Scheinen. So kam man ihm auf die Spur. Als der Prozess begann, war ich schon in Ausbildung.«

Ich erinnerte mich: »War nicht ein Großteil der Millionen vergammelt?«

»Fast die Hälfte. Verschimmelt im Versteck. Wir sollten aber wieder hochgehen, falls dein Anruf kommt.«

Zurück im Büro fragte Klaus Schuster: »Was lernen wir also?«

Bandmann: »Falls die Geisel bis Freitag noch nicht befreit ist, muss Larry mit dem Geld los. Er wird sicher hin- und hergescheucht. Bis die Gangster sicher sind, dass ihm keiner folgt. Wir müssen also am Tag X auch solche Türen an den Bahnhöfen kontrollieren. Bernie, gibst du die Anweisung an alle Sicherungskräfte?«

»Auch die externen?«

»Auch die externen!«

»Schon notiert.«

»Ich werde mit dem Chef sprechen. Wegen des Geldes -.«

Das Telefon läutete. Bandmann schob es mir wieder zu. Es war Conny.

»Danke für deine schnelle Reaktion. Ich stelle laut, damit die Kollegen mithören.«

»Genehmigt. Ich werde alle Anzüglichkeiten vermeiden. Wir hatten wirklich Glück. Der Minister war im Amt und wurde stinksauer, als er von der Geschichte hörte. Kidnapping? Bei uns in Zagreb?, fragte er ungläubig. Das waren Serben. Leben viel zu viele hier. Kommen aus den Bergen und – was und hat er nicht gesagt. Jedenfalls hat er uns einen Gesprächspartner bestimmt. Achtung! Bitte mitschreiben.«

Schuster hob seinen Stift und nickte.

»Der Mann heißt *Brigadir Mladen Lovrecic*. Ich buchstabiere. Auf den ›Cs‹ sind sicher ein paar Häkchen, aber ihr telefoniert ja nur. Telefon 0038516122163.«

Sie wiederholte alles noch einmal und sagte dann: »Also Jungs, da unten in München, macht einen guten Job. Ich helfe weiter, wenn ich kann.«

»Danke Conny – du hörst von uns.«

Anschließend wählte ich gleich die Zagreber Nummer.

Ein tiefer Bass: »Brigadir Lovrecic.«

»Guten Tag. Urbach von der Kripo München.«

»Ah, weiß Bescheid. War erst im September dort. Sehr schön. Minister sagte Kidnapping. Wie kann ich helfen.«

»Leider können wir nur ihnen helfen, denn das Problem ist in Zagreb.

»Okay!«

Ich erklärte die gesamte Situation, immer wieder unterbrochen von einem trockenen »Okay!«.

Schließlich redete er: »Ich konstatiere: Eine Frau Carolina Boric aus Zagreb wurde entführt. Von zwei Personen kroatisch. Sie sprach von *Medvednica*. Sie hat Handy.

Vieles ist gut: *Medvednica* ist Erholungsgebiet. Hat zur Zeit Schnee. Viele kleine private Skihütten. Und auf dem Gipfel steht ein schöner Funkmast.

Das bringt uns: Kidnapper sicher nicht abseitig, weil Spuren verraten. Schneefall ist fünf Tage alt. Also irgendwo in Hütte.«

Ich unterbrach: »Bunker hat sie gesagt.«

»Auch gut. Heute oft privat. Das finden wir. Handy lässt sich sofort orten. Wir brauchen also Handynummer. Ist das möglich?«

»Ich kann sie sofort ansagen«, gab ich zurück.

»Okay. Ich notiere. Gut wäre auch die Nummer in Deutschland, die sie anrufen wird. Falls Gangster mit anderem Handy arbeiten.«

Ich gab ihm meine Nummer.

»Wichtig ist, wenn ein Anruf kommt, etwas lang machen – wie sagt man? Verzögern.«

»Alles klar.«

»Haben sie noch Fragen?«

Ich blickte in die Runde. Tommy fragte, ob man ihn immer unter dieser Nummer erreichen kann?

»Diese Nummer ist Tag und Nacht besetzt.«

»Dann wünschen wir beiden Seiten – hier und bei ihnen viel Glück und Erfolg. *Do videna*, Brigadir Lovrecic«, schloss ich das Gespräch.

»Servus nach München und *sretno* – das heißt viel Erfolg. Und *sretan Božic* – fröhliche Weihnachten«, kam es zurück.

»Ja, fröhliche Weihnachten – hoffentlich«, echote ich etwas schlapp.

Tommy Bandmann schloss die Sitzung mit dem Hinweis, dass wir alle in Rufbereitschaft bleiben sollten. Er umarmte mich noch einmal. »Das wird gut gehen. Ich glaube fest dran!« Ich nickte und gab ihm die Hand.

»Lass uns heute Abend einen zischen.«

Er nickte. »Ich rufe an!«

Auf meinem Anrufbeantworter war eine neue Stimme: »Ihrer Freundin geht es gut. Habe gerade mit ihr gesprochen. Also: Warten Sie Freitag ab neun Uhr auf unseren Anruf. Mit 50.000 in einer ALDI-Tüte. Keine Tricks. Okay?«

München, 12. Dezember 2017

Schon am Morgen, bevor der Postbote da war, fand ich diesen Brief in meinem Kasten:

Ich drucke den Text hier noch einmal aus:

Werter Herr!

In obigem Betreff sind Sie bitte pünktlich am Freitag, 15. Dezember, am Neptunbrunnen gegenüber dem Justizpalast. Mit 50.000 Euro aus den Goldbeständen der DDR. Verpackt in einer Tragetasche von ALDI. Weitere Forderungen behalten wir uns vor.

Halten Sie Ihr Handy bereit.

Warten Sie auf weitere Anweisungen. Keine Tricks. Keine Polizei.

Der Dame geht es gut. Sie wird Ihnen noch ein Lebenszeichen zukommen lassen.

Es ist klug, mit uns zusammenzuarbeiten. Wenn Sie keine Fehler machen, wird es ein frohes Weihnachtsfest.

Das wollen wir doch alle. Maho's Erben sind die rechtmäßigen Besitzer und werden alles tun, um das Gold wieder einzutreiben. Stück für Stück. In dem unerbittlichen Geiste und der felsenfeste Treue, mit der Margot Honecker zu unserer Idee und unserem Staat gestanden hat. Überall auf der Welt, wo der Marxismus-Leninismus lebendig ist. Bis zum Schluss.

Immer bereit!

In kürzester Zeit hatten wir wieder eine Konferenz in Bandmanns Büro. Auch Schuster war gekommen. Beide lasen noch einmal sorgfältig den Text.

»Ohne Marke, ohne Anschrift auf dem Umschlag, der Überbringer muss also direkt vor deinem Büro gestanden haben«, bemerkte Schuster dann. »Sie sind also auch hier in München.«

Tommy: »Der Brief selbst wurde sogar hier geschrieben. Mit deutschen Umlauten!«

»Stimmt.«

»Es schaut ja wirklich so aus, als ob sie dich mit dem Handy durch die Stadt zu einem bestimmten Punkt lotsen wollen.«

Er zog eine Schublade an seinem Schreibtisch auf und zog ein Smartphone heraus.

»Da haben wir eine feine Sache. Unsere Techniker haben dir etwas vorbereitet, das sehr hilfreich werden kann. Das ist ein Dual-SIM-Smartphone. Nix besonderes. Sie haben es aber so präpariert, dass man gleichzeitig mit beiden Netzen verbunden sein kann. Verstehst du?«

»Heißt, ich spreche mit den Gangstern und mit euch?«

»Exakt. Nur: Wir sprechen nicht. Das könnte eventuelle Beobachter in deiner Nähe stutzig machen. Wir können aber jedes Wort hören, dass du mit den Gangstern sprichst.«

»Genial.«

»Wir machen gleich mal eine Probe.«

Er öffnete das Handy, während ich meine Karte aus meinem heraus zog. »Setz mal deine SIM-Karte hier in den Slot. Prima. Die andere führt zu uns in die Einsatzleitung. Ruf mal diese Nummer von Karte zwo an.«

Er diktierte und ich drückte die Ziffern. Während der Apparat wählte, gab ich ihn Tommy zurück. Nach wenigen Sekunden sagte er: »Hallo, Robert. Wir wollen jetzt mal eine Probe machen. Bist du bereit?« Er nickte mir zu. »Die Nummer, die du siehst, ist auch für den Ernstfall, also speichern. Ich übergebe jetzt an Larry und rufe ihn von meinem Handy an. Okay?«

Wir machten also eine schöne Telefonkonferenz und Robert bestätigte, dass er alles mithören konnte.

Tommy bedankte sich und verabschiedete ihn bis Freitag.

Ich hatte ein gutes Gefühl. Aber wie geht es Caro?

Als hätte er meine Gedanken gelesen, sagte Bandmann: »Die beste Option wäre, wenn Caro vorher frei käme. Dann gehst du mit alten Zeitungen, statt mit Euro. Wenn nicht, müssen wir die Kerle zunächst laufen lassen. Wir halten zwei ALDI-Taschen bereit.«

»Donnerstagabend sollten wir uns noch einmal zusammensetzen.«

»Ganz klar. Am besten an neutralem Ort. Falls man dich beobachtet.«

»Was schlägst du vor?«

»Kennst du ALDI in der *Cosimastraße*?«

»In Oberföhring.«

»Korrekt. Die haben ein Parkdeck. Dort oben können wir alles beobachten und ungestört reden. Und du bekommst zwei ALDI-Taschen. Sollte uns etwas auffallen, fahren wir einfach runter in den Markt.«

»Klingt gut. Wann?«

»17 Uhr?«

»Okay, alles klar.«

Ich fühlte mich immer besser.

Endlich. Nach drei bangen Tagen wieder die vertraute Nummer auf dem Display.

»Caro!«

»Larry. Ich soll sagen, dass es mir gut geht. Es ist warm. Genug Essen. Die Leute sind nicht unerfreulich.«

Wieder eine Männerstimme.

»Er fragt, ob du das Geld hast? Morgen ist es fällig.«

»Ja, sag ihm das geht in Ordnung. Ich tu natürlich alles, was sie verlangen. Wir holen dich da raus. Ein Tag noch. Halte durch.«

»Mach dir keine Sorgen. Ich bin -« Das Gespräch war unterbrochen. Ich blickte auf die Uhr: Noch fast vier Stunden bis zu meinem Treffen.

Kurz vor 17 Uhr fuhr ich auf den ALDI-Parkplatz. Niemand schien mir gefolgt zu sein. Ich fuhr in die hinterste Ecke, behielt aber die Auffahrt im Blick. Fünf Minuten später fuhr Bandmann, begleitet von Klaus Schuster, die Rampe hoch. Ich blinkte kurz auf. Dicht hinter ihnen kam ein schwarzer AUDI. Er parkte gleich am Ausgang zum Supermarkt. Zwei junge Frauen stiegen aus, gingen zielstrebig zu den Einkaufswagen und fuhren abwärts. Bandmann rollte neben mich und winkte. Alles blieb unverdächtig und ich ging rüber und stieg zu den Polizisten ins Auto.

Klaus Schuster überließ mir den Beifahrersitz und setzte sich nach hinten. Wir begrüßten uns und versicherten gegenseitig, nichts Auffälliges beobachtet zu haben.

Bandmann erklärte: »Kollege Schuster ist ein Meister in der unauffälligen Observation. Er hat den Plan ausgearbeitet.

Klaus, du erklärst ihn am besten selbst.«

Er beugte sich vor und begann: »Das Problem ist das Geld. Solange die Geisel nicht in Sicherheit ist, musst du die echten Euro bei dir tragen. Sollten wir während der Aktion die Meldung der Befreiung bekommen, möchten wir die Aktion nicht einfach abblasen, um an die Hintermänner zu kommen. Ich werde also immer irgendwie in deiner Nähe sein und die zweite ALDI-Tüte mit dem falschen Geld bei mir tragen. Deine Bewegungen und Fahranweisungen höre ich ja ständig mit. Wenn ich dann erfahre, dass die Geisel frei ist, setze ich mich nach dem nächsten Halt neben dich und wir tauschen unauffällig die Tüten aus. Ich bringe das echte Geld in Sicherheit und du arbeitest weiter deine Anweisungen ab. Versuche also, möglichst immer einen freien Platz neben dir zu haben. Zur Not geht der Austausch aber auch im Stehen. Sollte ich den Verdacht haben, entdeckt worden zu sein, übernimmt Kollege Unterleitner das Geld. Er kennt dich ja auch. Alles klar?«

»Genial!«

Wir spekulierten noch etwas über die Chancen, *Mahos Erben* zu erwischen und waren ziemlich hoffnungsvoll – da klingelte Bandmanns Handy. Er hörte zu, hob den Daumen, bedankte sich beim Anrufer und erklärte uns dann: »So eben hat Zagreb angerufen. Sie haben das Versteck geortet und sind mit zehn Polizisten und zwei Rangern auf dem Weg. Sie wollen aber mit dem Zugriff bis morgen früh warten, bis die Aktion hier angelaufen ist. Die Täter in München sollen vom Scheitern ihres Plans so spät wie möglich erfahren.«

»Toll«, sagte ich. »Läuft doch alles prima.«

Als wir uns trennten, trug ich immerhin 50.000 Euro in einer Plastiktasche mit mir.

München, 15. Dezember 2017

Pünktlich um 9 Uhr stand ich am *Neptunbrunnen*. Vorher war ich im Büro und habe mich noch einmal mit Bandmann und seinen Leuten abgestimmt. Die Standleitung war geschaltet. Sie konnten jeden Ton von mir hören.

Am Brunnen war ich allein. Wenn man von Neptun absieht, der sich mit seinem Dreizack über den Bretterverschlag erhob, der den Brunnen winterfest machte.

Auf der Luisenstraße gingen zwei Männer. Einer schaute zu mir. Dann meldete sich mein Handy. Die Nummer war unsichtbar. Ich hörte einen kurzen Befehl:

»Gehen Sie zum Hauptbahnhof und fahren Sie mit U2 zum Scheidplatz. Lassen sie ihr Handy an und warten sie auf weitere Befehle.«

Das wars. Ich machte mich auf den Weg, wagte nicht, die Kollegen zu fragen, ob sie alles mitbekommen hätten. Wenig später stieg ich in die U-Bahn.

Ich gebe hier mal alle Befehle wieder, die ich während der Fahrt erhalten habe:

»Nehmen Sie die U3 zum Odeonsplatz! - Nehmen Sie die U5 zum Max-Weber-Platz!« - Dann nur noch »U4 Arabellapark! Ausgang ›Krankenhaus‹! - Gehen Sie nach links, Ausgang Englschalkingerstraße. - Warten Sie dort!«-

Ich habe alles befolgt. Immer die ALDI-Tasche mit dem Geld fest im Griff. Die Umstiege klappten problemlos. Nur die Zeit ging dahin.

In der U4 nach der Station ›Prinzregentenplatz‹ fragte eine Stimme: »Dieser Platz ist sicher befreit?«

Klaus Schuster zwinkerte mir zu und setzte sich neben mich.

»Sind Sie sicher?«, fragte ich lächelnd zurück.

Er nickte. »Absolut sicher!«

Die Botschaft war klar: Caro war frei. Ich spürte, wie Schuster eine Tragetasche neben mich stellte und ein Paket herauszog. Dann fummelte er seine Tasche um meine ALDI-Tüte und packte sie auf seinen Schoß.

Als der Zug wieder anfuhr, zeigte er mir noch einmal von draußen das V-Zeichen..

Victory. Caro frei, das Geld in Sicherheit. Alles wird gut.

»Vinceremus!«, flüsterte ich vor mich hin.

Endlich hatte ich den Ausgang *Englschalkingerstraße* erreicht. Oben stand ich etwas fröstelnd mit meiner ALDI-Tüte. Beruhigt, dass das Geld in Sicherheit war. Inzwischen war es elf Uhr geworden. Passanten hasteten an mir vorbei und verschwanden auf der Rolltreppe nach unten. Immer wenn ein Zug eingefahren war, stellte sich die Fahrtrichtung der Treppe um und schaufelte einen Schwung Menschen nach oben.

Ich schaute mir immer einen aus, ob er der Erpresser war. Vergeblich. Inzwischen muss die dritte U-Bahn eingefahren sein.

Wahrscheinlich wurde ich von irgendwo beobachtet.

Langsam kam ich mir vor, wie 'bestellt und nicht abgeholt.'

Dann ging alles ganz schnell. Ein Mann in schwarzem Steppmantel und tief über die Stirn gezogene Skimütze rollte im Pulk nach oben, griff nach meiner Tasche und sagte: »Danke. Die ist für mich. Nichtwahr?«

Völlig überrumpelt, ließ ich los. Irgendwie hatte ich es mir anders vorgestellt. Er drehte sich bereits wieder um und rannte die Treppe nach unten.

»Zentrale, was jetzt!« rief ich ins Handy.

»Wohin ist er?«

»Treppe abwärts.«

»Versuchen Sie, an ihm zu bleiben, bevor er den nächsten Zug nimmt und verschwindet.«

Ich rannte los. Als ich unten angekommen war, kam mir eine Gruppe junger Menschen entgegen, die sich offenbar für eine Weihnachtsfeier vorgeglüht hatten. Sie grölten jedenfalls mit fröhlichen Gesichtern »Oh Tannenbaum…«

Schlimmer war, dass sie Spaß daran hatten, mir den Weg zu verstellen. »Hey, Kumpel. Das Christkind kann warten.«

Gehörten sie zum Plan?

Die Frage kann nicht mehr geklärt werden, denn als ich endlich den Bahnsteig erreichte, hörte ich nur noch »Zurück bleiben!«

Der Zug fuhr los. Saß mein Gegner drin? Oder war er über einen anderen Ausgang entkommen?

Ein einzelner Mann mit Rucksack hatte es wohl nicht mehr geschafft. Er stand gelassen auf dem Bahnsteig. Eine ALDI-Tasche war nicht zu sehen.

Ich meldete den Misserfolg und hörte: »Macht nichts. Er wird keine Freude an seiner Beute haben. Warten Sie oben.

Wir holen Sie gleich ab. Danke bis hier. Alles gut gemacht.«

Oben angekommen, rief ich endlich Caro an.

»Larry, du Lieber. Ich habe den ganzen Vormittag versucht, dich zu erreichen. Immer war besetzt.«

»Ich war mit dem Geld unterwegs. Man schickte mich von Ort zu Ort. Bis ich endlich von deiner Befreiung hörte. Toll! Wie hast du es überstanden?«

»Ich bin okay. Zu meiner Freude kommt auch Miro rechtzeitig vor Weihnachten zurück. Er ist schon in Hamburg. Ich bin jetzt richtig glücklich.«

Meine Glücksgefühle wurden leicht getrübt. Aber, was solls.

»Wie schön für dich. Da kann Miro ja jetzt auf dich aufpassen. Die Gangster werden es sicher erneut versuchen. Wollt ihr immer noch ins Ausland?«

»So schnell wie möglich. Miro hat sich in Wien und in München beworben. Sobald eine Entscheidung gefallen ist, sind wir hier weg. Vielleicht klappt es ja mit München. Dann habe ich zwei Aufpasser.«

»Na, wunderbar.«

Ein Polizeiauto fuhr neben mich.

»Du, die Kollegen kommen, mich abzuholen. War eine spannende und schöne Zeit mit dir. Mach's gut! Und melde dich wieder.«

»Ciao, Larry. Danke noch mal.«

Als Letztes hörte ich einen Schmatzer. Es war wohl ein Kuss.

Plötzlich hatte ich den Wunsch, dass sich ›*Mahos Erben*‹ noch einmal melden ...

Als ich wieder in meinem Büro war, rief ich Conny in Hannover an ...

ENDE

Feldheim.
Oder: Die Spur
des Flügelrads
BoD, Norderstedt
582 Seiten
Auch als eBook
oder Kindl lieferbar
ISBN 978-3-7392-1025-4

„Beste Unterhaltung und

Zeitgeschichte zugleich."

Gießener Anzeiger

Ein Mann kehrt zurück zu den Stätten seiner Kindheit. Er sucht den Bach, die Brücke, das Gleis an denen und mit denen er aufgewachsen ist. Und er findet ein totes Gleis, einen trockenen Bach, eine Brücke ohne Funktion.

Der Mann erinnert sich an Szenen und Ereignisse, die sich an diesem Gleis abspielten.

Es wird eine Reise in die Kindheit, die bestimmt war von den Wirren der letzten Kriegstage und dem Wiederaufbau, und somit auch eine individuell geprägte Bestandsaufnahme Bundesdeutscher Verhältnisse.

Gleichzeitig läuft in einer erzählerischen Gegenbewegung die Geschichte dieser Eisenbahnlinie, mit ihren Menschen und Schicksalen: Über mehrere Generationen personifiziert, verfolgen wir die Entwicklung im kleinen und zugleich die Einwirkungen durch die "große" deutsche Geschichte.

"Mit viel Kenntnissen untermauerte Vergangenheitsbewältigung der deutschen Geschichte. Man merkt, wie sehr der Roman auch durch archivarische Forschungen untermauert ist."

Walter Nocker

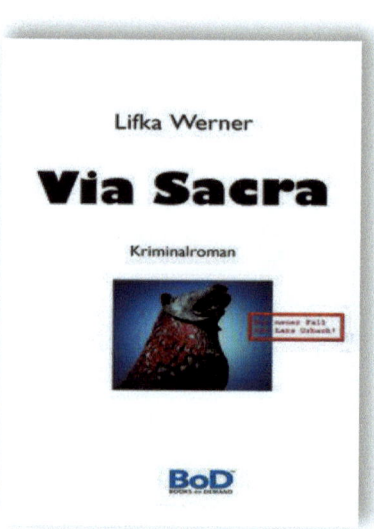

Via Sacra
BoD, Norderstedt
240 Seiten
Auch als eBook oder
Kindl lieferbar
ISBN

Spannungs-Vergnügen mit Lars Urbach

So tot jetzt
BoD, Norderstedt
220 Seiten
Auch als eBook
oder Kindl lieferbar
ISBN 978-3-7386-5502-5